Tucholsky Wagner Scott
Turgenev Zola Fonatne Sydow Freud Schlegel
Wallace
Twain Walther von der Vogelweide Fouqué Friedrich II. von Preußen
Weber Freiligrath Frey
Fechner Weiße Rose von Fallersleben Kant Ernst Frommel
Fichte Richthofen
Engels Fielding Hölderlin
Fehrs Faber Eichendorff Tacitus Dumas
Flaubert Eliasberg Ebner Eschenbach
Maximilian I. von Habsburg Fock Zweig
Feuerbach Eliot Vergil
Ewald
Goethe Elisabeth von Österreich London
Mendelssohn Balzac Shakespeare Ganghofer
Trackl Lichtenberg Rathenau Dostojewski Doyle Gjellerup
Mommsen Stevenson Tolstoi Hambruch
Thoma Lenz Hanrieder Droste-Hülshoff
Dach Verne von Arnim Hägele Hauff Humboldt
Karrillon Reuter Rousseau Hagen
Garschin Hauptmann Gautier
Damaschke Defoe Hebbel Baudelaire
Descartes Hegel Kussmaul Herder
Wolfram von Eschenbach Schopenhauer
Darwin Dickens Rilke George
Bronner Melville Grimm Jerome Bebel Proust
Campe Horváth Aristoteles
Bismarck Vigny Voltaire Federer Herodot
Gengenbach Barlach Heine
Storm Casanova Tersteegen Grillparzer Georgy
Chamberlain Lessing Langbein Gilm Gryphius
Brentano Lafontaine
Strachwitz Claudius Schiller Iffland Sokrates
Katharina II. von Rußland Bellamy Schilling Kralik
Gerstäcker Raabe Gibbon Tschechow
Löns Hesse Hoffmann Gogol Wilde Vulpius
Luther Heym Hofmannsthal Gleim
Roth Heyse Klopstock Morgenstern Goedicke
Luxemburg Puschkin Homer Kleist
Machiavelli La Roche Horaz Mörike Musil
Navarra Aurel Musset Kierkegaard Kraft Kraus
Nestroy Marie de France Lamprecht Kind Kirchhoff Hugo Moltke
Laotse Ipsen Liebknecht
Nietzsche Nansen Marx Lassalle Gorki Klett Ringelnatz
von Ossietzky May Leibniz Irving
vom Stein Lawrence
Petalozzi Platon Knigge
Sachs Pückler Michelangelo Kafka
Poe Liebermann Kock
de Sade Praetorius Mistral Zetkin Korolenko

Gegen das Weltgesetz

Kurd Laßwitz

Impressum

Autor: Kurd Laßwitz
Umschlagkonzept: toepferschumann, Berlin

Verlag: tradition GmbH, Hamburg
ISBN: 978-3-8424-9161-8
Printed in Germany

Ziel der TREDITION CLASSICS ist es, tausende deutsch- und
fremdsprachige Klassiker wieder in Buchform verfügbar zu
machen. Die Werke wurden eingescannt und digitalisiert. Dadurch
können etwaige Fehler nicht komplett ausgeschlossen werden.
Unsere Kooperationspartner und wir von tradition versuchen, die
Werke bestmöglich zu bearbeiten. Sollten Sie trotzdem einen Fehler
finden, bitten wir diesen zu entschuldigen. Die Rechtschreibung der
Originalausgabe wurde unverändert übernommen. Daher können
sich hinsichtlich der Schreibweise Widersprüche zu der heutigen
Rechtschreibung ergeben.

Text der Originalausgabe

Gegen das Weltgesetz

Erzählung aus dem Jahre 3877

(1877)

I. Eine Erziehungsanstalt im Jahre 3877

»Von der Rindenschicht im Gehirn Ihres Sohnes steht Ihnen gesetzlich die Bestimmung über ein Drittel zu; in Bezug auf dieses können Sie eine Gewöhnung der Zellen zu speziellen Vorgängen der Spannung, Leitung und Bewegung nach Ihren Wünschen vornehmen lassen. Ein Drittel bleibt, wie Sie wissen, zur späteren eigenen Verfügung Ihres Sohnes behufs Ausbildung seiner Gehirnfunktionen reserviert, während das letzte Drittel nach § 111 des Unterrichtsgesetzes vom 22. Januar 3854 in einer öffentlichen Anstalt für allgemeine Bildung zu präparieren ist. Wollen Sie mir nun gütigst angeben, für welche Disziplinen Sie die Präparierung des Großhirns wünschen?«

So sprach der Direktor des Pädagogiums und Professor der Geschichte, Herr Strudel-Prudel, zu einem Herrn, welcher seinen hoffnungsvollen Sprössling im Alter von drei Jahren eben als Zögling des Pädagogiums angemeldet hatte.

»Ich würde dann bitten«, antwortete der Vater, »ihn für Physik und Chemie zu präparieren und zugleich etwas Talent für Musik hervorzurufen.«

Der Direktor notierte das Gewünschte, indem er sagte: »Ihr Sohn... Wie heißt er?«

»Selen.«

»Selen Propion – schön. Ihr Sohn wird demnach zur Klasse C, Abteilung I der naturwissenschaftlichen Sektion unserer Vorbereitungsanstalt gehören. Behandlung und Unterricht daselbst sind unentgeltlich; für die Erzeugung des musikalischen Talents haben Sie jedoch behufs Verfeinerung der Mechanik des Ohres ein monatliches Honorar von hundert Goldgramm[1] zu zahlen. Der Unterricht beginnt morgen. So, das wäre das Geschäftliche. Und nun, Herr Propion, wenn es Ihnen Vergnügen macht, zeige ich Ihnen einmal unsere Anstalt.«

Typus Propion nahm gern den Vorschlag an. Er war Besitzer einer chemischen Fabrik für Lebensmittel und von früher her mit dem Direktor Strudel-Prudel bekannt, obgleich die Männer im Drange der Geschäfte einander selten sahen. Da Propion von der inneren Organisation einer großen Erziehungsanstalt sehr wenig wusste, war es ihm umso angenehmer, von einem Fachmanne von solchem Rufe, wie Strudel, darüber belehrt zu werden und namentlich die mechanischen Einrichtungen kennen zu lernen.

Die Anstalt zerfiel nach Maßgabe des neuen Unterrichtsgesetzes in zwei Teile, eine Vorbereitungsanstalt und eine Lehranstalt oder, wie man sie auch nannte, in die »Hirnschule« und die »Akademie«. In der »Hirnschule« wurde überhaupt kein Lehrstoff benützt, diese Abteilung diente nur dazu, das Gehirn der Kinder zur späteren Aufnahme desselben geeignet zu machen. Dies geschah auf rein mechanischem, das heißt physiologischem Wege.

Wir müssen hier um Entschuldigung bitten, wenn der Ausdruck mitunter den realen Vorgang nicht genau trifft. Die Sprache des 19. Jahrhunderts, in der wir doch reden müssen, ist eben nicht immer fähig, den neugewonnenen Einsichten der Zukunft zu folgen. So gäbe es ein schiefes Bild, wenn man sich vorstellen wollte, das Gehirn nähme etwa den Lehrstoff auf wie das Glas den Wein. Es handelt sich um die Ausbildung einer Art von Schematismus, der gewissen Bewusstseinvorgängen entspricht; auch der Schwimmer, der Tänzer machen Vorübungen, denen sich dann die entsprechenden Muskelbewegungen leichter anschließen. Vielleicht wird das aus folgendem klarer.

Fast schon seit zweitausend Jahren war die Psychophysik, die Lehre von den Gesetzen des Bewusstseins, ein selbstständiger

---

[1] Goldgramm = 2,79 Mark

Zweig der Psychologie geworden, und das Studium der Gehirnfunktionen hatte zu einer vollständigen Theorie derselben geführt. Die Folgen, welche diese Entdeckungen für das Gebiet der Künste und Wissenschaften hatten, werden später zur Erörterung kommen; hier soll uns zunächst die Anwendung auf die Pädagogik interessieren.

Man kannte jetzt bis ins Kleinste hinein die Bewegungs- und Spannungsvorgänge in den Nerven und den Zellen der grauen Gehirnsubstanz, welche die Vorgänge des Bewusstseins, die Reihe der Vorstellungen und die logische Schlussbildung begleiten; man wusste, welche Zellen bei der Leitung bestimmter Wahrnehmungen und der Bildung bestimmter Gedankenfolgen tätig sind und in welcher Weise sie tätig sind; man konnte daher umgekehrt durch künstliche Reizung, namentlich durch den galvanischen Strom, auch die einzelnen Partien und Provinzen des Gehirns zu Bewegungen veranlassen, welche der Bildung bestimmter Vorstellungen entsprechen, und schließlich – worauf es ankam – sie so gewöhnen, dass gewisse Arten des Denkens mit besonderer Leichtigkeit vollzogen werden konnten. Denn wenn es auch ohne Vorstellungsinhalt keine allgemeinen Formen des reinen Denkens gibt (es sei denn in unserer Abstraktion), so gibt es doch einen Schematismus und mit ihm einen dauernden Apparat und Mechanismus des Denkens, welcher in dem Wechsel des Vorstellungsinhalts in seinem Wesen beharrt; daher lässt dieser Denkapparat eine Veränderung und Ausbildung in dem einen oder anderen Sinne zu und macht so gewissermaßen den formalen Charakter des Denkens aus. Diesen Mechanismus des Denkens zu bilden war die Aufgabe, welche die Vorbereitungsanstalt oder »Hirnschule« auf physikalischem Wege löste.

Strudel und Propion traten in die Säle der Hirnschule. Laboratorien wäre ein richtiger Ausdruck. Die ganze Behandlung der Kinder bestand darin, dass dieselben anfänglich zwei, später drei Stunden täglich in eigentümlich konstruierten Apparaten der Einwirkung galvanischer Ströme, welche nach den ausbildungsbedürftigen Gehirnpartien führten, ausgesetzt wurden und dass auch im Übrigen mit den feinen und ausgedehnten Mitteln, welche die Chemie des Gehirns im vierten Jahrtausend entdeckt hatte, das Wachstum und die Bewegung der Zellen in der Rindenschicht überwacht und gehütet wurde. War man in früheren Jahrtausenden zu der Einsicht gekommen, dass die Muskeln und Sehnen des Körpers besonderer Übung und Pflege bedurften, wenn im kräftigen Menschen ein heiteres Gemüt sich wohl befinden sollte, so sah man jetzt ein, um wie viel wichtiger noch es sei, den Sitz der Vernunft in seiner Ausbildung sorgsam zu hüten und zu pflegen, um später dadurch eine kräftige Gedankenentwicklung zu erzielen. Dadurch wurden denn überraschende Resultate erreicht.

»Sie sehen hier«, sagte der Direktor zu Propion, »in welcher Weise wir das *Turnen des Gehirns* betreiben. Da sind unsere Geräte. Im Schlafe, ohne Anstrengung des Kindes, die früher so viel Siechtum verursachte, geben wir hier die Grundlagen der formalen Bildung und schaffen Anlagen, welche der Menschheit die reichsten Früchte tragen. Welche Mühe kostete es früher, einen Menschen nur so weit zu bringen, dass er im Stande war, selbstständig in eine Wissenschaft einzudringen. Vom sechsten bis zum zwanzigsten Jahre musste man sich bemühen, mit Latein und Griechisch, Geschichte und Mathematik das Gehirn so weit in Übung zu bringen, dass es fähig wurde, eine logische Gedankenentwicklung zu verfolgen und einigermaßen den Gang der Ereignisse zu verstehen, und dabei konnte man dem Dummen doch nicht helfen. Wie einfach ist die Sache jetzt! Hier ein Zug am Großhirnlappen, ein dauernder Strom durch den Fuß des Hirnschenkels, eine kräftigende Behandlung des Linsenkerns – und nach zwei Jahren ist der fünfjährige Mensch bereit, unbehindert seiner Körperentwicklung in die großen Probleme der Wissenschaft und des Daseins eingeführt zu werden. Hier haben Sie Abteilung eins für exakte Wissenschaften. Hier werden in der ersten Sektion Mathematiker, Physiker und Chemiker propädeutisch erzeugt, in der zweiten Biologen, also im Besonderen Ethnologen, Zoologen, Botaniker, Ökonomen und so weiter. In der zweiten Abteilung ist die Werkstätte für Logiker, Metaphysiker, Historiker und Archäologen; die Dritte ist für Sprachforscher, Redner und Schriftsteller bestimmt. Die Vierte bildet die Organe für das praktische Lebensgeschick, Umsicht, Tatkraft, Geschäftsgeist. Dass die Hirnschule der Kunst und der Sitte mit ihrer Propädeutik für das ästhetische und ethische Ideal an dem wissenschaftlichen Institut getrennt ist, werden Sie passend finden. Jeder Schüler aber muss die untersten Klassen sämtlicher Abteilungen behufs seiner allgemeinen Bildung durchlaufen; dies geschieht im ersten Jahre, im zweiten findet dann die Ausbildung zu seinem speziellen Fache in den oberen Klassen statt. Ist auch diese vollendet, so treten wir in die Akademie ein, in welcher die Vorlesungen der Lehrer jetzt leicht und willig erfasst, verstanden und behalten werden. Mit dem neunten Jahre ist die Erziehung vollendet – welche Resultate der modernen Pädagogik! Der Geist eines Neunjährigen entspricht heutzutage an Reife und Erfahrung dem eines bejahrten Mannes aus einer früheren Periode. Es gab eine Zeit, wo man sich schaudernd fragte: Bei der ungeheuren Zunahme an Material des Wissens, bei der Häufung des geistigen Inhalts der Zeit – wie soll es dem jungen Menschen, wie dem Einzelnen überhaupt möglich sein, auch nur einen ganz allgemeinen Überblick zu bewahren? Und man schuf Methode auf Methode und Lehrbuch auf Lehrbuch, und jeder fragte zuletzt verzweifelt: Wie soll das werden? Aber wie einst in der Astronomie die Erscheinungen den Anhängern des Ptolemäus über den Kopf wuchsen, die vergebens Epizykel auf Epizykel und Rädchen auf Rädchen in der Himmelsmaschine häuften, ohne zu Stande zu kommen mit der Erklärung, bis Kopernikus mit seinem Machtspruch hervortrat und die Sache umkehrte, die Sonne stillstehen hieß und die Planeten drehte – so erschien auch der Pädagogik ihr Kopernikus in der Stunde der Gefahr! Im Jahre 3781 schrieb Hemisphärion: ›Die Theorie der Gehirnfunktionen ist seit hundert Jahren entwickelt – wohlan denn! Benützen wir sie! Fort mit den Lehrbüchern, mit den Methoden des Unterrichts, mit den mnemotechnischen Kniffen! Wenn sich der Lehrstoff dem Gehirn nicht bequemen will, gut, so bequeme sich das Gehirn dem Lehrstoffe! Lasst uns Laboratorien erbauen, Physiologen mögen unsere Lehrer werden – präpariert die graue Substanz des Kindergehirns, und ihr braucht nicht die Schriftsteller für sie zu präparieren!‹ Es sind goldene Worte! Bekämpft, verlacht, haben sie doch den Sieg errungen, und wir danken Hemisphärion, dem wahren Erfinder des berühmten ›Nürnberger Trichters‹, aus vollem Herzen. Doch verzeihen Sie mir, Herr Propion«, unterbrach sich der Direktor, »ich habe Ihre Geduld in Anspruch genommen und dabei selbst meine Zeit fast versäumt. Ich muss zu meinem Geschichtsvortrage nach Prima – ich gebe heute eine Übersicht über das letzte Jahrtausend. Schon sind wir vor der Türe – ich habe die Ehre.«

Man berührte sich mit den Spitzen der kleinen Finger, wie es die Sitte der Zeit verlangte; Propion sprach seinen Dank aus und steckte sich ein »Bildtäfelchen« ins Auge, während er auch Strudel ein solches anbot, der ebenso verfuhr. Dann trat Strudel in den Hörsaal.

Die Schüler lagen in Hängematten und richteten, ihr Bildtäfelchen in den Augen, den Blick auf die Decke. Das Bildtäfelchen beschäftigte den Gesichtssinn durch ein mildes und erfrischendes Farbenspiel, wodurch eine größere Sammlung des Geistes erreicht wurde. Prudel setzte sich in seinen erhöhten Schaukelstuhl, machte sich ein Glas Kunstwein zurecht und begann seinen Vortrag, indem er sich der üblichen Universalsprache bediente.

II. Das vierte Jahrtausend. Ein Stückchen Kulturgeschichte

Die europäische Zivilisation hatte gegen Ende des dritten Jahrtausends ihren Höhepunkt erreicht. Man flog durch die Luft, man beherrschte die Erde bis ins Innere Asiens und Afrikas, wo große Wüsten urbar gemacht, ganze Landstrecken im Klima verändert worden waren; man hatte die wilden Völkerschaften daselbst unterworfen und zivilisiert oder vernichtet; man hatte durch die Vervollkommnung der Technik eine übergewaltige Machtfülle erreicht; aber man hatte auch jeden Genuss aufs Subtilste verfeinert und die Erwerbsquellen bis auf das Maximum ihrer Ertragsfähigkeit ausgebeutet. Noch um die Mitte des dritten Jahrtausends hatte sich der Aufschwung zu so hoher Blüte der Kultur auch in einer idealen Erhebung vom kühnsten Schwunge kundgetan. Solange die Entwicklung fortschritt, durchdrang das Bewusstsein von der großen Aufgabe der Menschheit und die Überzeugung von der eigenen Befähigung, sie zu erfüllen, alle Schichten der Bevölkerung. Man war stolz, zu leben und Mensch unter Menschen zu sein; Wohlstand herrschte überall, und die schlimmen Gegensätze im Volksleben am Ende des zweiten Jahrtausends waren ausgeglichen. Der von Deutschland im neunzehnten Jahrhundert ausgegangene Aufschwung der Schulbildung hatte das meiste beigetragen; neue Lehrer im Ideal waren dem Volke erstanden, und Kants und Schillers unsterbliche Anschauungen waren tief eingedrungen – nicht ohne Kämpfe, aber das Losungswort hatte gesiegt: Ideen und Opfer! Die Ehrfurcht vor dem Ideal hatte die Rohheit gezähmt und den Egoismus gebändigt; das tiefere Verständnis für die Welt hatte die Geistesträgheit der Massen gehoben und die Pleonexie der Reichen beseitigt. Das Urteil der öffentlichen Meinung erhob sich zu einer Macht, welche die Geister regierte und als die Personifikation der Wahrheit und Gerechtigkeit angesehen werden konnte. Es war eine Zeit höchsten Glückes auf Erden um die Mitte des dritten Jahrtausends. Aber je weiter das Jahrtausend seinem Ende zuschritt, umso mehr zeigten sich die Spuren des Verfalls.

Schon reichte der Geist des Einzelnen nicht mehr aus, das Gesamtbild der Gegenwart zu überblicken, und man war genötigt, auf die speziellsten und engsten Gebiete der Wissenschaft sich zu beschränken, um nur auf diesen das Seine zu leisten. So musste es geschehen, dass trotz der großartigen Mittel des geistigen Verkehrs schon im 28. Jahrhundert ein Verständnis in den einzelnen Teilen der Wissenschaft nicht mehr zu erzielen war. Das Material war den Methoden über den Kopf gewachsen. Man suchte nach einem allgemeinen Prinzip, wie nach einem Zauberwort, das die getrennten Teile vereinigte. Aber man fand das Rechte nicht und erkannte nur immermehr die eintretende Zersetzung als notwendig. Fantastische Spekulationen tauchten wieder auf und hatten zerstörenden Skeptizismus als notwendige Reaktion zur Folge. Wieder stand man an den Grenzen der Vernunft. So ging zuerst der Mut verloren unter den Vorkämpfern des Geistes, und es war die natürliche Folge, dass unter dem großen Publikum das Interesse am Idealen mehr und mehr schwand. Damit aber brach sich die Überzeugung des Niederganges der Bildung Bahn; die Menschheit, hieß es, ist angekommen auf dem abwärts führenden Zweige ihrer Lebenskurve.

Und nun erhob sich die Partei der Unzufriedenen, die sich sofort bildet, wo die Gelegenheit sich bietet, mit Untergrabung des allgemeinen Gerechtigkeitssinnes eine Schuld für Geschehenes auf Personen zu werfen. Man erkannte nicht das geheime Naturgesetz der augenblicklichen Entwicklung und sank zurück in die Herrschaft des Affekts. Anfeindungen der Bevölkerung unter sich fanden statt, und wenn auch das Niveau der Zivilisation noch ein zu hohes war, als dass es zu blutigen Bürgerkriegen gekommen wäre, so wurde doch die Macht und Stellung einer Partei immer drohender, welche nichts anderes bezweckte als einen vollständigen Umsturz des Bestehenden; welche, den geschichtlichen Zusammenhang verkennend, glaubte, aus dem Urzustande der Natur heraus die Gesellschaft regenerieren zu können – in der Geschichte kein neuer Gedanke, der auch hier wieder nicht begriff, dass »ursprüngliche Natur« nach dem Vorangegangenen gerade Unnatur geworden sei.

Unter solchen Kämpfen der Geister, bei denen auch die im Laufe der Zeit glücklich überwundenen oder vergessenen Rassenunterschiede wieder zum Vorschein kamen, floss das 29. Jahrhundert dahin. Es brachte keinen neuen Beitrag zur Erhöhung des Kulturzustandes, vielmehr sank die allgemeine Erwerbstätigkeit, und die Gefahr trat nahe, dass die übervölkerte Erde bei einer Erschlaffung der Tatkraft ihrer Bewohner nicht mehr zur Ernährung derselben ausreichen würde. Schon erhob sich das alte Malthussche Gespenst in den Gemütern, und der Schrecken der sozialen Frage, der verstummt war im gewaltigen Aufschwunge aller Verhältnisse, drang mit erneuter Kraft in die europäische Gesellschaft. Schon sah man im Geiste sich gegenseitig zerfleischen, um zu entscheiden, wer untergehen müsse, um dem Überlebenden Platz zu machen.

Da trat ein Ereignis ein, das im Stillen schon seit Jahrtausenden durch die geheimen Kräfte der Natur vorbereitet, jetzt in seinen Folgen als eine plötzliche Katastrophe in den Gang der Geschichte eingriff. Während der seit Jahrtausenden in langsamem Versinken begriffene Kontinent Australiens und die Inseln des Großen Ozeans mehr und mehr unter den Wellen verschwanden, indes die Korallentierchen rastlos an der Meeresoberfläche bauten, erhob sich im Norden von Europa ebenso langsam ein neuer Kontinent. Schon waren zwischen Norwegen, Spitzbergen und Nowaja Semlja neue Inseln aus dem nördlichen Eismeere aufgetaucht, und die beiden letzten Inseln verband bald ein festländischer Streifen, welcher die Berge von Franz-Josephs-Land mit einschloss und sich bis in die Nähe des Nordpols erstreckte, andererseits bis zum Kap Tscheljuskin sich ausdehnte und den neuen Kontinent mit Sibirien verband. Zugleich änderten sich die Meeresströmungen und mit ihnen in wunderbarer Weise die klimatischen Verhältnisse dieser Länder. Die Verbindungen des Karischen Meeres nach Westen und Norden schlossen sich, und Ob und Jenissei ergossen sich nunmehr in ein Binnenmeer, das sie mit ihren warmen Gewässern erfüllten, während der Golfstrom, durch Vorgänge im Atlantischen Ozean zu außerordentlicher Kraft gesteigert, die Westküste des neuen Kontinents umspülte. Warme Winde wehten im Sommer von den heißen Hochebenen des inneren Asiens her, und im Winter führte der Golfstrom warme Regen zu. Das Eis schmolz, und an den Ufern, die noch vor tausend Jahren mit ewigen Gletschermassen bedeckt waren, sprossten grüne Wiesen und Wälder, und eine reiche Tierwelt belebte dieselben. Ihr war der Mensch gefolgt. Die sibirischen Stämme, mit russischem Blute vermischt und erneuert, bemächtigten sich des neuen Kontinents und hatten sich rasch zu einem kräftigen Jägervolke herangebildet, in welchem man die tranigen Hyperboreer kaum wieder erkannte. So günstig waren die neuen Zustände ihrer Entwicklung, dass ihnen die heimatlichen Fluren trotz der Geschenke des Ozeans bald zu eng zu werden drohten. Man hatte während des dritten Jahrtausends in Europa und Amerika seine Blicke auf die Kultivierung der südlicheren Kontinente so vollständig konzentriert, dass man sich um die polaren Gegenden verhältnismäßig wenig gekümmert. Man konnte die Sahara bewässern, aber nicht die Gletscher von Franz-Josephs-Land schmelzen. So war die überraschende Entwicklung der Hyperboreer bei der Veränderung des Klimas anfänglich ziemlich unbeachtet vor sich gegangen. Denn man hatte wohl in Europa vor der Gefahr gewarnt, die im Norden drohte – doch man hatte darüber gelacht. Die Luftspritzgeschütze, die elektrischen Massenschläge schienen ein unüberwindliches Verteidigungsmittel gegen die »Barbaren« zu sein. Und sie hätten wohl auch für längere Zeit genügt; aber etwas ganz Unerwartetes geschah.

Ein Erdbeben von nie erlebten Dimensionen und von einer unbeschreiblichen Gewalt wütete auf der südlichen Halbkugel im Oktober 2998. Die Kette der Anden spaltete sich, an tausend Stellen brach das feurig-flüssige Erdinnere hervor, der Ozean flutete über ganz Südamerika und Australien, und alle Bewohner dieser reichen Erdteile – bis auf wenige Hunderte – kamen um, alle dort angehäuften Schätze der Kultur gingen im Rasen der Elemente verloren. Aber die alte Erdrinde hielt – sie war stark genug geworden. Die Wasser verliefen sich, und die Kontinente blieben – nur Australien hatte einen bedeutenden Teil seines Landes verloren und stellte nur noch eine größere Inselgruppe vor.

Der Schrecken war ungeheuer. Der Verlust an Kapital, Wissen und Bildung betrug ein Drittel von allem auf der Erde Vorhandenen. Aber man fasste sich allmählich, und schon die folgende Generation besiedelte mit neuer Kraft die ihrer Bewohner entblößten Erdteile. Da die Menschen nicht mehr genügend untereinander aufräumten, hatte es die Natur getan und noch einmal die Schrecken der Übervölkerung durch eine plötzliche, freilich nicht minder schreckliche Katastrophe verscheucht. Aber zugleich war auch der Nordkontinent noch mächtiger, schöner und reicher, seine Bewohner mutiger, stärker und unternehmungslustiger geworden.

Im Jahre 3105 brachen die ersten Scharen der Arktiker als eine ungeheuere Völkerwanderung über das geschwächte Europa herein. Es waren nicht die rohen, verwüstenden Stimmen, wie sie Europa im ersten Jahrtausend wiederholt sah, und sie waren nicht völlig barbarisch, nicht völlig fremd der europäischen Zivilisation, aber doch tief unter ihr stehend. Platz war jetzt vorhanden, und die Einwanderung geschah ohne hervorragend blutige Kämpfe. Die mittelländische Rasse wich langsam vor der arktischen zurück, aber die Höhe der Kultur wurde in gleichem Maße mit dem Vordringen der unzivilisierten Einwanderer herabgedrückt.

Zwar gingen nicht alle Errungenschaften des Geistes verloren wie einst nach der Blüte der klassischen Zeit. Die wichtigsten Elemente blieben, zumal in den südlicheren Gegenden der Erde, völlig erhalten. Die Luftschiffe verkehrten, die Telegrafen spielten, die Wissenschaften wurden noch gepflegt; aber es vergingen fünf Jahrhunderte, ehe die barbarischen Einwanderer, jetzt eng vermischt mit der mittelländischen Rasse, sich auf eine gleiche Stufe der Kultur geschwungen hatten, wie sie am Ende des dritten Jahrtausends blühte. Diese Unterbrechung war jedoch verbunden mit einer Regenerierung der Kultur, welche ebenso notwendig als erfolgreich eintrat.

Es hatte in den Jahren bis zum 35. Jahrhundert ein Stillstand stattgefunden, in welchem die Kräfte der Menschheit allein dazu gebraucht zu werden schienen, sich wieder heimisch zu machen auf der erschütterten Erde. Jetzt erst kam hier und dort der Gedanke auf, dass doch wohl ein Fortschritt noch möglich sei. Es waren wieder Elemente vorhanden, welche an sich selbst die Erfahrung fortschreitender Entwicklung machten. Die in die Geschichte eingetretene Rasse sah nicht zurück auf Jahrhunderte des Verfalls, sondern des rastlosen Fortschritts, und daraus folgte, dass sie selbst die Hoffnung daran knüpfte, dieser Fortschritt der Entwicklung werde andauernd möglich sein. So wuchs der Mut der Menschheit und ihr Vertrauen auf die Zukunft aufs Neue; mit frischer Kraft begann sie zu arbeiten und den Ausbau der Zivilisation zu vollenden, wo er am Ende des dritten Jahrtausends stehen geblieben war.

Aber zunächst schien die wieder auftretende Sorge, die Erde sei zum zweiten Male der Übervölkerung nahe, die Arbeit zu lähmen. Schon begann die Armut sich geltend zu machen, und ein sozialer

Notstand von ungeheurer Ausdehnung brach hervor. Aber die frischen Kräfte, mit denen die Menschheit ans Werk ging, bargen in sich selbst die noch unbekannten Heilmittel der eintretenden Übelstände. Die arktische Rasse, als sie in Berührung mit der Zivilisation trat und diese in sich aufnahm, brachte mit dem erneuten Mute, mit der Idee des möglichen Fortschritts auch ein neues Prinzip in die Kulturgeschichte. Hatte die mittelländische Rasse hauptsächlich nur daran gedacht, durch äußere Mittel die Machtstellung der Menschheit zu verbessern, so brach sich jetzt der Gedanke Bahn, dass die Organisation des Menschen selbst sich ändern und akkommodieren müsse den Anforderungen, welche durch die veränderte Gestaltung der Bevölkerungsverhältnisse und des Kulturzustandes an sie gestellt würden. Das Gefühl, dass eine solche Umgestaltung des Lebens nötig sei, machte sich allgemein in den Geistern geltend; aber noch wusste man nicht, worin nun der Tat nach diese Umgestaltung bestehen werde – noch war es ein Tappen im Dunkeln, erst ein Suchen nach dem Lichte. Man arbeitete rastlos an Erweiterung der Erkenntnis, namentlich pflegte man die Erforschung des Organischen; hier vor allem erwartete man die Geheimnisse des Lebens zu ergründen. Da kam die Erlösung.

Wie auf die Gärung der Geister zur Zeit der Renaissance im vierzehnten und fünfzehnten Jahrhundert die großen Entdeckungen von Gutenberg und Kolumbus in die Wirklichkeit des Lebens völlig umgestaltend eingriffen, sodass von jener Zeit an eine neue Epoche der Geschichte gerechnet werden musste, so folgten nach dem noch unerforschten Gesetze der Periodizität, das der Erdentwicklung zu Grunde zu liegen scheint, auch jetzt fast zu gleicher Zeit zwei neue Entdeckungen, welche in ihren Folgen bald sämtliche Verhältnisse modifizieren und damit eine neue Zeit und eine ungeahnte Machtentwicklung der Menschheit einleiten sollten. Im Jahre 3614 entdeckte *Molekulander* die künstliche Zusammensetzung des Eiweißes, und im Jahre 3616 erschien das unsterbliche Werk einer Dame, die den merkwürdigen Namen *Schnuck* führte, unter dem Titel »Vollständige Theorie der Gehirnfunktionen«. Und damit war die Morgenröte einer neuen Kulturepoche angebrochen, deren Glanz bald strahlend über der Erde aufging.

Mit einem Schlage war das Gespenst der Nahrungssorgen von der Erde verschwunden. Denn unmittelbar aus den Elementen, welche Wasser, Luft und Fels zur Genüge boten, machte man nicht nur künstliches Brot, sondern auch künstliches Fleisch, das heißt eiweißhaltige Substanzen, welche kräftig und wohlschmeckende Nahrung gewährten, und das mit einer Billigkeit, welche die Schrecken des Hungers für immer vertrieb. Die Theorie der Gehirnfunktionen aber ermöglichte jene direkte Einwirkung auf das Gehirn der Menschen, welche für die ideale Gestaltung des Lebens von unberechenbarem Einfluss wurde.

»Ich schließe mit der Erwähnung dieses Ereignisses meine heutige Vorlesung«, endete Strudel-Prudel, »bald werden wir sehen, wie zu neuen und neuen Entdeckungen fortschreitend die Menschheit ihre heutige Höhe erreichte. Entdeckung auf Entdeckung folgte; der Psychokinet, das Zerebratin, die Gold-Wasserstoff-Verbindungen, die Benutzung der Zirkular-Weltäther-Ströme, die Integration der Weltformel – in zwei kurze Jahrhunderte drängen sich Erfolge des Geistes, welche uns mit Staunen und Ehrfurcht erfüllen.«

Strudel erhob sich und verließ die Klasse. Bald flogen die Schüler nach allen Seiten auseinander, ihren Wohnungen zu.

Strudel aber, dessen Antlitz noch eben von Begeisterung strahlte, schien jetzt von Ermattung ergriffen zu werden, die seinen Zügen das Gepräge eigentümlicher Traurigkeit verlieh. Er trat in seine Privatwohnung und lehnte seinen Kopf an den Phonograph, ein Instrument, das seine ausgesprochenen Worte sofort niederschrieb.

Wir nehmen das Blatt und lesen – zu unserer Verwunderung in deutscher Sprache, wenn auch in stenografischen Zeichen: »Hinauf, hinauf! Euch zieht es empor, und glanzvoll sei eure Bahn, ihr Kinder der Zeit und des Lichtes! Glück auf die Reise in sonnige Höhen, du wackere Jugend! – Ich aber, ein alter, vergessener Mann, einsam steh' ich in rastloser Zeit, verlassen sind meine Wege, rückwärts gewendet mein Schritt. Wie könnt' ich Vergessenheit trinken des vergangenen Ruhmes? Und doch, wie kann ich mit Klarheit schauen in verronnene Zeit? Ach, das Ziel meines Lebens war es, zu erforschen das Gesetz der Geschichte; herrlich erhebt sich das Gestirn der Menschheit aufs Neue, aber der Stern meines Geschlechtes neigt sich, und bald verschwindet er am Horizonte. Oh, dass keiner heraussteigt aus der Gruft der Jahrtausende, mir Rede zu stehen, mir zu erzählen – wieder die alte Klage! Nein! Fort damit!«

Rasch erhob er sich und nahm eine kleine Dosis Zerebratin. Wieder spiegelte sich der Ausdruck heiterer Ruhe auf seinen freundlichen Zügen.

»Euch will ich besuchen, ihr ältesten Vorfahren«, sagte er lächelnd.

Und er rüstete sich zum Ausgehen.

III. Unter dem Meeresspiegel. Die Gehirnorgel. Der letzte Botaniker

In den »Gärten des Okeanos« drängte sich eine lebenslustige Menge. Hell strahlten die großen Beleuchtungsapparate – Wassersonnen genannt – in das Gewirr von Tischen, Stühlen, Büfetts und Belustigungsstätten aller Art, die hier, mitten im Atlantischen Ozean, in einer Tiefe von 2300 Metern unter dem Meeresspiegel aufgestellt waren und allabendlich den Erholungsort der erdenstaubmüden Europäer bildeten.

Aus einem der submarinen Personenzüge, welche alle fünf Minuten hier eintrafen, stiegen zwei Herren in elegantem Taucherkostüm. Aber sie wandten sich nicht mit dem Strome der Ausgestiegenen nach rechts, wo die Affichen der Vergnügungslokale unglaubliche Abendunterhaltungen versprachen. Achtlos schritten sie am großen Psychäongebäude vorbei; dort saßen in langen Reihen die »Zufühler« mit wunderlich gestalteten Helmen auf dem Kopfe, von denen zahllose Drähte nach dem Zentrum der großen Gehirnorgel liefen, auf welcher eine der berühmtesten Stimmungskünstlerinnen der Gegenwart, Lyrika, ihre Vorstellung gab.

Um diesen Vorgang im Psychäon begreiflich zu machen, müssen wir in der Geschichte der Ästhetik und der Entwicklung der Künste um ein paar Jahrtausende zurückgreifen. Schon über viertausend Jahre waren vergangen, seitdem die Entwicklung der Kunst ihren Höhepunkt erreicht hatte, aber noch waren Phidias und seine Schüler unübertroffen. Zwar hatten Malerei und Dichtkunst im zweiten Jahrtausend nach Christus einen vorzüglichen Aufschwung genommen; aber sie waren vermöge des Stoffes, mit welchem sie arbeiteten, zu sehr gebunden an das Reale, als dass sie den wahren Beruf der Kunst, die unumschränkte Herrschaft im Ideal hätten zur Genüge erfüllen können. Schon seit Reimert-Obertons Dichtungen (man denke an »Die Zerebrer oder Der gezähmte Lichtnebel« u. a.) wurde ein tieferes Verständnis für die Kunstform der Poesie immer seltener, und mehr und mehr wandte man sich der Musik zu als der unmittelbaren und wahren Dolmetscherin der Gefühle. Die krankhaften Ausschreitungen des neunzehnten Jahrhunderts hatten noch dazu beigetragen, die wahren Grenzen der Musik kennen zu lernen.

Das eigentliche Entwicklungsgesetz für die Geschichte der Künste wurde ermittelt, und seit Theoros Spurenbergs unsterblichen Untersuchungen »Über die Embryologie des ästhetischen Ideals« wusste man, dass der Fortschritt der Künste abhängig ist von dem Fortschritt, welchen die Ausbildung des »Stimmungssinnes« in der Menschheit macht. Vom Altertum aus, wo das Verständnis für Stimmungen noch ein sehr geringes war, entwickelte sich diese Neigung, den Stimmungen allein sich zu überlassen, mehr und mehr, je mehr der immer zunehmende Gehalt des Lebens an realem Genusse und praktischer Arbeit einen jeden zwang, ein Gegengewicht im Ideal zu suchen. So musste die Befriedigung des Gemüts notwendig gefunden werden in der Hingabe an die Stimmung, und damit ist das Ziel der Kunst ausgesprochen. Sie muss die Stimmungen des Menschen in jeder Weise beherrschen, sie aufregen und besänftigen, je nachdem es die Umstände verlangen, kurz, den dunklen Bewusstseinsinhalt der Seele bestimmen, der frei von klaren Erinnerungsbildern und scharfen Sinneseindrücken nur eine ungewisse Summe von Strebungen enthält, die wir eben unsern Gemütszustand nennen.

Die Mittel, deren die Kunst hierzu sich bedient, sind an sich gleichgültig, aber der Zweck der Kunst wird am reinsten und herrlichsten erreicht werden, wenn die Erregung der Gemütsstimmungen eine möglichst unmittelbare ist. Daher steht dem Ziele der Kunst die Musik schon sehr nahe, weil bei ihr die Schwingungen des Schalles unmittelbar auf die Gehörnerven und dadurch auf das Gehirn wirken, ohne der Vermittlung derjenigen Gehirnpartien, deren Art uns als »Denken« zum Bewusstsein kommt, irgendwie zu bedürfen. Noch weiter allerdings war diese unmittelbare Einwirkung durch die Inanspruchnahme des Geruchssinnes getrieben worden, wie sie die Familien der Riechmanns und Ozodes versucht hatten. Auch war in der Mitte des dritten Jahrtausends die Ododik (Geruchskunst) zu hoher Blüte gelangt. Aber ihrem weiteren Fortschritt stand das Gesetz der Entwicklung der Gattung entgegen. Die kurze Anstrengung einiger Generationen war nicht im Stande, die seit den Zeiten des Diluvialmenschen eingetretene Verkümmerung des Geruchssinnes dauernd aufzuhalten. Seitdem Aromasias unglückliches Ende die Vererbung einer der feingebildetsten Nasen unmöglich gemacht hatte, geriet die Ododik bald wieder in Verfall.

Mit dem Eintritt der arktischen Rasse in die Geschichte und dem allgemeinen Stillstand der Kulturentwicklung in der ersten Hälfte des vierten Jahrtausends war auch eine vorübergehende Ruhezeit im Fortschritt der Künste verbunden. Aber zu neuen und unerwarteten Bahnen hob sich der Flug der Gefühle nach der vollständigen Herleitung der Theorie der Gehirnfunktionen.

Natürlich war die Frage nach dem Wesen des Bewusstseins nicht anders gelöst, als man sie nach dem Wesen der Materie lösen konnte, das heißt bis zu den Grenzen, welche durch die Natur des menschlichen Erkenntnisvermögens gezogen sind. Aber man wusste doch, dass der dunkle, unergründliche Rest des Daseins in zwei klaren Formen einer menschlichen Intelligenz zum Bewusstsein kommen kann, als Empfindung direkt und unmittelbar in unserem Leben, außerdem noch durch unsere Sinne vermittelt als Bewegung in Zeit und Raum. Letztere Auffassungsart lässt eine Bestimmung nach Zahl und Maß und so eine genaue Theorie zu, welche die Veränderung der Erscheinungen auf Bewegungen der Atome zurückführt. Nun konnte man die Bewegung der materiellen Gehirnmolekel berechnen, sie folgten den erforschten Gesetzen der allgemeinen Mechanik. Mit jedem dieser berechenbaren Bewegungsvorgänge aber ist ein bestimmter Empfindungsvorgang verknüpft – vielleicht richtiger identisch –, und es handelte sich nur darum, die Bewegung der physikalischen Atome nach ihrer inneren Seite als Empfindung zu deuten. Aber nachdem einmal der Aberglaube des Materialismus, der in dem Bewusstsein ein Produkt oder eine Funktion der Gehirnmolekel sah, gründlich abgeworfen war, fand sich hier leicht ein Weg. Die Theorie der Gehirnfunktionen löste diese Aufgabe durch den Parallelismus von Bewegung und Empfindung, indem sie empirisch die Veränderungen der letzteren aus denen der ersteren deutete. Wie uns unsere Sinne nur Zeichen und Abbilder für die Dinge, nicht diese selbst, geben, so gab auch die Mechanik der Gehirn- und Ganglien-Atome zwar nicht die Empfindung, diese ihre innere Form, selbst, aber sie gab ein treues Abbild derselben in ihrer eigenen Bewegung gemäß unserer Raum- und Zeitanschauung. Und wenn man nun einmal erst erkannt hatte: *Diese* Form der Bewegung (a) bedeutet *diese* Form der Empfindung (A), *diese* Molekularkonstruktion (b) bedeutet *dieses* bestimmte Gefühl (B) des Subjekts, so konnte man erfahrungsmäßig gleichsam ein Wörterbuch der geheimnisvollen Sprache der Seele zusammenstellen, welches auf der einen Seite die berechnete Bewegung, auf der anderen die erfahrene Empfindung enthielt. So war es möglich, rein subjektive Vorgänge einer objektiven Untersuchung zu unterwerfen und die seelischen Erregungen in mechanischen zu erkennen und zu studieren, wie man die chemischen Vorgänge auf entfernten Welten in den optischen im Spektrum verfolgte.

Der *Psychokinet* oder *Gehirnorgel* war nun ein Instrument, welches gestattete, unmittelbar, ohne Vermittlung der Sinne, auf das Bewusstsein durch direkte Reizung der betreffenden Gehirnpartien zu wirken. Man machte sich auf diese Weise unabhängig von den spezifischen Sinnesenergien, vermöge deren der Mensch eben nur fühlen, sehen, schmecken, riechen oder hören konnte. Man vermochte gesetzmäßig geordnete Reihen von Gedanken oder Empfindungen unmittelbar im Zentrum des Bewusstseins hervorzurufen.

Eine besondere Gattung der Kunst, welche die Königin der Künste genannt werden darf, hatte sich infolgedessen entwickelt. Sie hieß einfach *Psychik*. Die Psychiker konnten ihre Stimmungen sowohl unmittelbar durch den Psychokineten, welcher ihr Gehirn mit dem der Zufühler verband, diesen mitteilen, sie konnten aber auch durch einen besonderen Schreibpsychokineten ihre Stimmungskompositionen grafisch darstellen, sodass dieselben mit Hilfe eines Lesepsychokineten »nachgefühlt« werden konnten. *Lyrika*, deren eigentlicher Name Gruse-Säusel nur von ihren Neidern gebraucht wurde, war sowohl Komponistin als auch Fantastin; heute wirkte sie im großen Psychäon-Gebäude unmittelbar von Gehirn zu Gehirn. Das unbeschreibliche, der Sprache unendlich überlegene Meer der Stimmungen wogte in ihrem Gehirn und teilte sich durch den Psychokineten unmittelbar dem Gemüte der Zufühler mit.

Außer den echten Künstlern der Psychik gab es natürlich auch unzählige Dilettanten. In der Tat eignete sich kein Instrument mehr zum Dilettieren als der Psychokinet. Es gab deren mit Uhrwerken, wie unsere Spieldosen, und dies war eigentlich die ursprüngliche Form, von welcher der Name »Gehirnorgel« entstanden war. Man setzte eine Walze ein, die man fertig kaufte oder – worin eben die Kunst bestand – mit Stiften nach eigener Fantasie versah, stülpte dann das Instrument auf den Kopf und konnte nun seinen Beschäftigungen nachgehen, nicht anders behindert als in früheren Jahrtausenden durch das Rauchen einer Zigarre. Dazu kam noch der erfreuliche Vorteil, dass der Psychokinet nicht, wie die musikalischen Instrumente oder das Geruchsklavier oder das Tabakrauchen, unfreiwillige Teilnehmer an den Genüssen mit sich brachte, sondern dass niemand gezwungen wurde, Ohr oder Nase den künstlerischen Versuchen zu leihen – man hätte ihm denn mit Gewalt den Apparat aufstülpen müssen. Die Gehirnorgel war ein sanftmütiges, bescheidenes, ein subjektives Instrument, die vom Psychokineten nicht angegriffenen Gehirnpartien lösten wissenschaftliche Probleme, schlossen Geschäfte ab oder leiteten eine Fabrik, während die übrigen unter den Strömen des Psychokineten in den herrlichsten und süßesten Stimmungen schwelgten, unabhängig von der schweren Welt der Sinne.

Doch zurück zu unseren Freunden im eleganten Taucheranzuge. Sie wandten sich fort von den Vergnügungslokalen in den »Gärten des Okeanos« nach den weniger besuchten Partien der Anlagen, welche sich hier nach Südosten viele Meilen weit auf dem Grunde des Meeres hin- und an den Gestaden der Kanarischen Inseln hinaufzogen. Aber, auch diese ließen unsere Freunde links liegen, und indem sie vermöge ihrer Schraube mit reißender Geschwindigkeit hinglitten, schlugen sie eine südwestliche Richtung ein.

»Wissen Sie, verehrter Freund«, sagte der Kleinere von ihnen, »ich begreife nicht, warum Sie mich hier in diese Einsamkeit begleiten. Ich bin Ihnen zwar herzlich dankbar dafür, aber ich habe kein Recht, Ihnen das Opfer zuzumuten, noch zwei Stunden bis zur großen Ozeansenkung mitzuschwimmen. Wir befinden uns jetzt erst 25 Grad 15 Minuten 22,7 Sekunden nördlicher Breite und 46 Grad 16 Minuten 34,6 Sekunden westlicher Länge von der Zentral-Sternwarte.«

Bei den letzten Worten hatte er sein Taschen-Klinatorium gezogen. Es war dies ein kleines Instrument, welches aus der Neigung und Ablenkung der Magnetnadel und der Intensität der magnetischen Kraft den Ort auf der Erdoberfläche bis auf den zehnten Teil der Sekunde, das ist also fast auf drei Meter, genau ablesen ließ. Auch der Angeredete zog ein kleines Instrument aus der Tasche: Es war ein Manometer, das ihm den Druck des Wassers und damit die Tiefe angab, in welcher er sich befand.

»Und doch« sagte er, indem er einen Blick auf das Manometer warf, »haben wir schon eine Tiefe von 5400 Metern erreicht, und es ist gut, dass ich meinen neuen Tiefenanzug angelegt habe. So aber befinde ich mich bei diesem Drucke von einem halben Tausend Atmosphären ganz wohl, und ich begleite Sie noch ein Stück.«

»Sehr hübsch, Herr Kotyledo – und doch wundre ich mich, dass Sie heute nicht das Psychäon besuchen. Sie sind ja ein Stimmungs-mensch und dafür bekannt; und Fräulein Lyrika – nun, Sie brau-chen sich nicht zu verteidigen, ich verrate Sie nicht. Ich verstehe Ihre Gefühle, obgleich ich der würdige Professor der Geschichte und Direktor des Pädagogii Hemisphäriani bin; aber – Sie wissen, ich bin auch aus dem alten Stamme der Prudel- und Strudelwitze, vereinigte Geschlechter, und so kennen wir das.«

»Sie irren sich, Herr Strudel«, entgegnete Kotyledo ernst. »Ich be-suche das Psychäon nicht mehr. Doch lassen wir das, ich bin nicht im Stande, darüber zu sprechen. Lieber erzählen Sie mir, was Sie in diese abgelegenen Zonen des Ozeans führt.«

»Recht gern«, erwiderte Strudel; »aber sagen Sie mir bitte vorher, was mir das Vergnügen Ihrer Begleitung verschafft.«

»Nur eine wissenschaftliche Exkursion, die ich vorhabe, weiter nichts; ich will ein wenig die submarine Flora studieren. Auf der Oberwelt wird ja leider die Botanik bald keinen Gegenstand ihrer Forschung mehr finden. Meine Lieblinge, die Pflanzen, sind ein aussterbendes Geschlecht von Organismen.«

»Gerade wie die Strudel-Prudel, verehrter Herr Kotyledo, gerade wie ich! Sie sehen in mir den letzten Spross des einst so berühmten Geschlechts. Und ich bin auf dem Wege, die Wiege meines Stammes aufzusuchen, die Stätte zu erforschen, von wo das berühmte Ge-schlecht derer von Strudel-Prudel einst als urzeugungsstolzes Mo-ner seinen glorreichen Entwicklungsprozess antrat. Meine einzige Erholung ist es, meine zurückgebliebenen Vettern von der Linie Strudula-Gastrula zu sehen; bei ihnen vergesse ich die raue Gegen-wart und bekomme Lust, mein Wirken in ihr aufzugeben. Lächeln Sie nicht, es ist mir ernsthaft melancholisch zu Mute.«

»Nein, nein – bitte, fahren Sie fort.«

»Endlich ist es mir gelungen, meinen Stammbaum bis in die Laurentische Periode zurückzuführen, die Linie meiner Vorfahren bis zu den niedrigsten Organismen des Meeres zu verfolgen – und nun ist meine Lebensaufgabe gelöst. Es ist eine traurige, aber großartige Resignation, der ich mich unterziehe, aber ich kann nicht anders. Ruhmreich war unser Geschlecht und altbekannt sein Name. Ich besitze eine Reihe von Versteinerungen und Knochen, welche nachweislich meinen Vorfahren angehört haben, während sie die Reihe der Entwicklung von den Kalkschwämmen bis zu den Wirbeltieren emporgestiegen sind. Ich besitze den Zahn eines Beuteltieres, welches zu meinen direkten Ahnen zählt.

Wir haben in einem Kjökkenmöddinger Austernschalen mit dem deutlichen Handzeichen der Prudel und in einer französischen Höhle das Skelett eines Höhlenbewohners gefunden, der bereits das Wappen der Strudel auf ein Renntiergeweih eingeritzt bei sich trug. Von den historischen Zeiten brauche ich nicht zu reden. Die römischen Legionen unter Varus und Scharen der Ungläubigen in den Kreuzzügen haben unsern Arm gefühlt; wir haben im neunzehnten Jahrhundert eine Rolle in der Literatur gespielt als Barone von Strudelwitz; später vereinigten wir uns mit denen von Prudelwitz. Der Urururgroßvater meines Urururgroßvaters war der letzte Gardeleutnant. Glückliche Zeiten! Sehen Sie, verehrter Freund, wer eine solche Reihe von Ahnen vor sich hat, der bescheidet sich gern: Jedes Geschlecht hat seine Zeit; die unsere hat geblüht. Diese Kette von siebenundvierzig Gliedern ist aus der komprimierten Asche von siebenundvierzig direkten Vorfahren angefertigt. Er ist nicht anzunehmen, dass nach mir unser Geschlecht zu noch höherer Reife sich entwickeln könne. Ich lebe daher ganz, meiner historischen Neigung gemäß, im Kultus der Vergangenheit; ich wallfahre nach der Wohnstätte meiner Urahnvettern, dort will ich mir ein Plätzchen suchen, wo ich mich einst, wenn das Alter herannaht, für den Rest des Lebens niederzulassen gedenke.«

»Nun, bester Direktor, vorläufig haben Sie noch ein schönes Feld der Wirksamkeit vor sich; aber im Prinzip muss ich Ihnen Recht geben. Ich kann ihre Schwärmerei begreifen, denn auch ich hänge mit all meinem Denken und Fühlen an der Vergangenheit. Sie wissen, ich bin Botaniker – ein Altertumsforscher, über den manche modernen Chemilogen und Biophysiker die Achseln zucken. Wohin sind die Zeiten, da eine üppige Pflanzendecke den größten Teil der Erde überzog? Da noch der Wald mit dem heiligen Rauschen seiner Wipfel das Herz des Wanderers erhob, da der Landmann unter dem freien Himmelsblau stolz durch das wogende Kornfeld schritt? – Stärkemehl-Fabrik, Eiweiß-Fabrik und so weiter; in den weiten und doch so engen Laboratorien wird die Nahrung für dies Geschlecht zusammengebraut. Freilich, freilich, großer Molekulander, Hydragenius und wie ihr alle heißt, die ihr mit euern Erfindungen dem sozialen Elend abgeholfen habt und nun in zahllosen Statuetten an jeder Straßenecke verehrt werdet – es ist groß, es ist schön, es ist vor allem billig, direkt aus den Elementen die Nahrungsmittel herzustellen, die uns früher nur das Pflanzenreich bot –, aber verschwunden ist die Pflanzendecke, der herrlichste Schmuck unserer Erde; und mit ihr verschwindet unsere Lebensluft, die wir bald mühsam aus Sauerstoff-Fabriken werden holen müssen! – Hunger leiden wird die Menschheit nicht mehr, wenigstens nicht im Magen. Aber wer stillt uns den idealen Hunger des Gemüts nach einem Stückchen unbezwungener Natur und übermächtig waltendem Schicksal? Da hilft kein Psychokinet und keine Stimmungskunst. Die Weltformel wird integriert, wir wissen alles – und damit abgemacht. Heiliger Laplace! Wir wissen auch, wann wir verrückt werden.«

»Sie sind bitter, Kotyledo, Sie sehen zu schwarz. Auch ich bin ein Freund der Vergangenheit, aber mein historisches Gewissen zwingt mich, auch die großen Verdienste der Neuzeit anzuerkennen.«

»Und doch bin ich nur aufrichtig, Herr Strudel-Prudel«, entgegnete Kotyledo. »Aber vergessen wir wenigstens auf Augenblicke diesen Weltschmerz! Noch blüht uns in geheimnisvollen Tiefen das Leben des Ozeans, noch gibt es Schluchten und Riffe, wohin der Strom des Alltags nicht gedrungen ist.«

»Und es gibt auch noch ein übergewaltiges Schicksal, glauben Sie mir, Kotyledo! Es gibt auch heute tragische Konflikte und große Gefühle, und ich wünsche nicht, dass ihnen je das Geschick seine finstere, starre Maske zuwendet.«

»Und wenn es so wäre? – Doch lassen Sie uns auf dieser Felsenbank ausruhen. Ein paar Jahrtausende später, und kein Ozean mehr wird um die Erde rauschen. Auch diese Ruhestätten der Natur werden an die Oberfläche gestiegen oder gezogen sein, und kaum wird man wissen, was Wasser ist.«

»Sie erschrecken mich. Auch ich musste mir schon wiederholt sagen, dass ein großer Teil des Meerwassers zu chemischen Veränderungen verbraucht wird, infolge deren es in der Form des Wassers verschwindet. Aber wenn wirklich das Wasser seiner Hauptmasse nach von der Erde vertilgt wird, wenn seine Bestandteile nur feste oder gasige Verbindungen eingehen, so wird doch der überkühnen Menschheit selbst die Grenze ihres Strebens gesetzt sein?«

»Glauben Sie das nicht. Dies Geschlecht wird sich immer zu helfen wissen. Wer hätte gedacht, dass wir ohne Pflanzen leben können? Hier steht der letzte Botaniker, der letzte Gärtner, und Sie sehen, es geht und wird gehen – und keiner leidet Mangel, wie früher so viele. Der Mangel freilich, den ich empfinde, der drückt die Menge nicht. – Doch es wird spät, wir müssen zurück.«

IV. Neue Körper. Lyrika. Die Weltformel

Während das im vorigen Abschnitt aufgezeichnete Zwiegespräch am Meeresgrunde gepflogen wurde, wogte das rastlose Leben des 39. Jahrhunderts über den großen Städten, deren zahllose Häuser in fast stetigem Zusammenhange die Kontinente bedeckten. Unablässig verkehrten die Luftschiffe mit ungemeiner Geschwindigkeit, zwischen ihnen bewegte sich das Gewühl der Luftschwimmer. Das Material des Schwimmapparats bestand aus einer Platin-Silizium-Kohlenwasserstoff-Verbindung, einem kompliziert zusammengesetzten Körper, der bei außerordentlich geringem spezifischen Gewichte die Eigenschaften des Platins mit der Durchsichtigkeit des Glases und der Biegsamkeit des Kautschuks verband, aber auch wie dieser gehärtet werden konnte. Dieser Körper führte seiner Nützlichkeit wegen den Namen Chresim (von χρησιμος = brauchbar) und fand die mannigfaltigste Anwendung in den Gewerben. Eine völlig durchsichtige, den Körper umhüllende, innen luftleere Glocke von Chresim, der »Luftschwimmgürtel«, hielt den Körper im Gleichgewicht. Nach vorn ging der Apparat keilförmig zu und diente zugleich als Schirm gegen die mit größter Geschwindigkeit durchschnittene Luft. Von ihm hingen zwei Steigbügel herab, in denen die Füße einen Stützpunkt fanden, während eine große auf der Rückseite befindliche Schraube (von gehärtetem Chresim) dem Körper eine Geschwindigkeit erteilte, deren Richtung durch geschickte Bewegungen beliebig zu lenken war. Die treibende Kraft gab eine Büchse voll flüssigen Sauerstoffs, den man bei sehr tiefer Temperatur durch einen ungeheuren Druck bis zur Kondensation komprimiert hatte und nun als lang anhaltenden Kraftvorrat verwenden konnte. Jeder hatte natürlich seine Luftschwimmschule durchgemacht, und die Eleganz des Fliegens galt nicht nur als ein Zeichen guter Erziehung, sondern war auch eine wichtige Bedingung zum Fortkommen in der Welt.

Aus dem Fenster eines großen Gebäudes im mittleren Deutschland bewegten sich in bequemem Fluge zwei Herren. Es waren Typus Propion, den wir schon während seines Besuches bei Direktor Strudel kennen gelernt haben, und sein Schwager Atom Schwingschwang, ein Chemiker von großem Rufe. Propion war Besitzer der Eiweiß- und Fettfabrik, aus welcher sie jetzt kamen.

Diese so genannten organischen Körper wurden dort, wie schon erwähnt, in reichem Maße und auf sehr billige Weise direkt aus den Elementen dargestellt. Wasser, Luft, kohlensaurer Kalk waren die hauptsächlichsten Rohmaterialien, aus denen man Sauerstoff, Wasserstoff, Stickstoff und Kohlenstoff gewann und zu wohlschmeckendem künstlichen Fleisch und Brot verarbeitete.

Propion hatte Funktionata, Atoms Schwester, geheiratet, und Atom verkehrte täglich in seinem Hause und leitete die eigentlich wissenschaftliche Seite der Fabrik. In lebhaftem Gespräch flogen jetzt beide der Wohnung Propions am Gestade der Nordsee zu.

»Ich muss dir Recht geben«, sagte Propion, »die Fabrik bedarf der Erweiterung, und zwar speziell zur Sauerstoff-Fabrikation. Denn ich bin überzeugt, sein Preis wird bald bedeutend steigen, er wird ein täglicher Verbrauchsartikel werden; sein Verhältnis zum Stickstoff der Atmosphäre gestaltet sich jährlich ungünstiger, seitdem wir Pflanzenwuchs nur noch in einigen Gebirgsgegenden Zentralafrikas und Asiens sowie des Nordkontinents besitzen. Übrigens müssen wir dann auch an ein anderes Herstellungsverfahren des Sauerstoffs denken, wenn wir ihn nicht mehr einfach aus der Luft erhalten können, sei es nun durch Lösen von Luft in Wasser vermöge der verschiedenen Löslichkeit von Sauerstoff und Stickstoff in demselben, sei es durch die Diffusion oder sonst wie.«

»Das wird bald gefunden sein«, fuhr Atom fort, »Wir brauchen ihn nicht gerade aus der Luft zu filtrieren. Mache dir keine Sorge, die Pflanzen sollen darum nicht geschont werden. Nichts törichter als diese Klagen der Romantiker um ihre grünen Pflänzchen. Das mochte einen Sinn haben, als man der Pflanzen bedurfte, zur Nahrung sowohl als zur Regelung der atmosphärischen Verhältnisse. Für diese haben wir jetzt besser gesorgt. Wozu also diese Winkelexistenzen ihr Dasein fortfristen lassen, während wir den Platz so nötig brauchen? Sie mögen ihre historische Bedeutung behalten, aber als solche gehören sie ein für allemal in das Gebiet der Paläontologie, in die Museen und wissenschaftlichen Gärten.«

»Gut, dass dich Kotyledo nicht hört«, antwortete Propion, »er wäre unglücklich. Ich habe ihn übrigens lange nicht gesehen. Er meidet mein Haus seit einigen Wochen, und ich glaube, Funktionata trägt die Schuld. Was ist zwischen ihnen vorgefallen?«

Atom gab eine ausweichende Antwort.

»Wer weiß«, sagte er, »was Funktionata wieder berechnet hat. Kotyledo teilt dasselbe Schicksal wie sein Steckenpferd, die Pflanzenwelt. Er gehört zu jener Menschenklasse, die auf den Aussterbe-Etat der Natur gesetzt ist; und ich muss gestehen, ich halte es einfach für Pflicht der Majorität, über solche Leute rücksichtslos hinwegzuschreiten. Ich habe mit ihm neulich ein Gespräch über seine Zukunft gehabt, vielleicht habe ich ihn verletzt. Solche Gemütsmenschen bleiben im Einzelnen für unsereinen unberechenbar, trotz Funktionatas Formeln.«

»Ihr habt von Lyrika gesprochen?«, fragte Propion.

»Nur indirekt. Du weißt, ich vermeide dies Gespräch, insbesondere mit Kotyledo. Es ist der einzige Punkt, wo mir mein überlegener Verstand versagen kann und ich Gefahr laufe, dass die unlogischen Partien des Gehirns zum Vorschein kommen. Lieber gehe ich dem Reize überhaupt aus dem Wege.«

»Sich dich nur vor, Atom, dass nicht hier doch deinem Verstande ein Streich gespielt wird. Lyrika gehört nicht zu den logischen Naturen, und ich bin überzeugt, dass Kotyledos Winkelexistenz bei ihr den richtigen Winkel zur Existenz gefunden hat.«

»Das macht mir keine Sorge«, erwiderte Atom. »Es wäre traurig, wenn diesen blinden Gewalten des Gefühls nicht das Licht des Erkennens gewachsen wäre. Ich hoffe, dir bald die Überlegenheit rationaler Berechnung durch die Ereignisse der nächsten Tage beweisen zu können.«

Eine kurze Pause war eingetreten. Dann begann Propion wieder: »Gut, wir wollen abwarten. Aber ich habe eine andere Frage auf dem Herzen, Atom. Sage, wie weit bist du heut mit deinen Privatuntersuchungen über das Diaphot gekommen?«

»Sie machen rüstige Fortschritte, obwohl die Arbeiten im Zentraltunnel meine beste Zeit in Anspruch nehmen. ich hoffe, in den nächsten Tagen eine erste Veröffentlichung wagen zu können. Pflanzenfaser und Muskelbündel erhalten durch meinen neuentdeckten Stoff vollständige Durchsichtigkeit und Farblosigkeit, und der lebende Organismus absorbiert das Diaphot rasch. Ein Kaninchen, das ich damit fütterte und zugleich äußerlich einrieb, erschien nach drei Stunden als reines Skelett, indem alle übrigen Teile außer den Knochen vollständig durchsichtig geworden waren. Es zeigte jedoch noch einige Farbenzerstreuung und Brechung des Lichtes, weil seine optische Dichtigkeit von der der Luft noch ein wenig verschieden war. Als ich aber noch drei Prozent Homorhachion zusetzte, erhielt ein zweites Kaninchen ganz genau den Brechungskoeffizienten der Luft, sodass man durch das Auge absolut nichts von dem Körper wahrnahm. Ich tränkte meinen Rock mit der Flüssigkeit und kann ihn nun leider nicht mehr tragen, denn jeder würde glauben, ich sei in Hemdärmeln.«

»Das ist brillant«, rief Propion, »eine Entdeckung von kolossaler Tragweite. Denke an die Medizin!«

»Und ich möchte noch weitergehen. Ich hoffe, auch die Knochen durchsichtig machen und ihnen die Brechbarkeit der Luft geben zu können. Wenn man dann erst ein Mittel hat, das Diaphot wieder aus dem Körper zu entfernen, so kann man sich ohne Gefahr völlig unsichtbar machen. Es ist aber vorläufig ein gefährliches Experiment, und seine Folgen müssen erst näher untersucht werden. Ich möchte daher auch diese letzte Konsequenz womöglich geheimhalten.«

»Das ist richtig«, meinte Propion, »aber es ist nicht Sitte. Doch wir werden ja sehen.«

»*Nicht* sehen vielmehr.« Atom lachte. »Nun, ich hoffe, morgen schon mehr zu wissen.«

Wohlgelaunt näherten sie sich indes mit großer Geschwindigkeit der Wohnung Propions.

Im Wohnzimmer, einem hohen und geräumigen Saale, der in weiten, bis zum Fußboden reichenden Bogenfenstern nach dem Hofe sich öffnete, sagen Funktionata, die Gemahlin Propions, und ihre Freundin Lyrika, die wohlbekannte Psychistin. Die großen Scheiben von klarem, biegsamem Chresim, welche bei kühlem Wetter die Fenster luftdicht schlossen, waren aufgerollt und öffneten der milden Sommerluft den Weg ins Zimmer.

Lyrika blickte in den Hof hinaus, welcher von einer Reihe in fantastischen Formen wogenden Lichtwolken begrenzt war, es waren verdünnte, in biegsamen, durchsichtigen Chresimröhren strömende

Gase, die im prächtigsten Farbenspiel im Feuer des elektrischen Funkens glühten und eine gewöhnliche Zierde der an die Stelle der Gärten getretenen Höfe und öffentlichen Plätze bildeten. Neben Lyrika saß Funktionata und arbeitete mit Muße an der Integrationsmaschine. Funktionata war nämlich Mathematikerin; die Arbeiten der größten Meister hatten es dahin gebracht, dass ungeheure Rechnungen, welche sonst das Leben eines Einzelnen ausgefüllt hätten, durch die Integrationsmaschine in wenigen Stunden und ohne jede Anstrengung des Denkens ausgeführt werden konnten. Die Methode der symbolischen Bezeichnung gestattete, die Arbeit zu einer mechanischen zu machen und jedes beliebige System von Differenzialgleichungen durch komplizierte Kombinationen des Maschinenwerks zu lösen, sodass die gesamte geistige Kraft des Forschers auf die Aufstellung der Probleme, ihre Darstellung in mathematischer Sprache und die Deutung der Integrale, unterstützt durch vorzügliche Tabellenwerke, verwandt werden konnte.

Jetzt unterbrach Funktionata ihre mathematische Handarbeit und folgte mit ihrem Auge den Blicken Lyrikas, welche Funktionatas dreijährigem Knaben Selen zusah. Dieser sollte, wie wir wissen, von morgen an die Hirnschule besuchen und machte jetzt unter Leitung eines Fliegmeisters seine Fliegübungen vor dem Fenster. Der Lehrer hielt den Kleinen an der Leine und lehrte ihn die Geschwindigkeit seiner Schraube regeln und Wendungen nach rechts und links, oben und unten ausführen.

Die glückliche Mutter lächelte, während sie die gewandten Bewegungen ihres kleinen Selen mit Interesse verfolgte, und zärtlich drückte sie die Hand Lyrikas, die jetzt wieder traurig und fast teilnahmslos in die Ferne starrte. Die schönen Verse ihres Lieblingsdichters, eines der modernsten Lyriker, welcher die zeitgemäße Staffage der Natur an Stelle des veralteten Blütenduftes und Waldesrauschens zu setzen verstand, kamen ihr in den Sinn:

> Der Netzhaut Stäbchenscharen
> Erbeben in leisem Schwang –
> Ob in die Kapillaren
> Das Blut nur stärker drang?
>
> Was will dein sanftes Wallen,

Zart glühendes Hydrogen?
Ach, *seine* Schrauben hallen
Nicht mehr bei deinem Wehn.

2

So sang sie leise vor sich hin.

»Lyrika, sei mir nicht böse, liebe Lyrika«, erweckte Funktionata sie aus ihren Träumen. »Ich musste offen zu dir sein. Kotyledos Untergang ist unvermeidlich, die Formeln sprechen unwiderlegbar. Hier sind meine Rechnungen, ich stelle sie dir zur Verfügung, prüfe sie selbst. Sieh, dieser ganze Ausdruck wird imaginär; und hier die Zahlenbestimmung: in 623,7 Tagen zerfällt der Molekularkomplex C in der Rindenschicht des Gehirns Kotyledos. Es ist kein Zweifel.«

»Lass mich, Funktia!«, erwiderte Lyrika. »Deine Rechnung will ich nicht sehen; du weißt recht gut, dass es nur wenige gibt, die sie zu verstehen im Stande sind, und ich am wenigsten; was ich als Kind davon gelernt habe, ist zum größten Teil vergessen. Ich glaube dir; ich muss dir ja glauben. Aber es ist entsetzlich; armer Kotyledo – erst jetzt fühle ich, wie wert er mir war.«

»Aber du wirst doch selbst einsehen, dass es eine unaussprechliche Torheit wäre, eine Verbindung begünstigen zu wollen, die in noch nicht zwei Jahren mit Kotyledos sicherem Wahnsinn und Tode endet. Nur dein Verzicht kann ihn retten. Meine Formel ergibt in diesem Falle ein bedeutendes und im Allgemeinen beglücktes Leben für ihn – soweit ich eben im Stande bin, Prämissen in meine Rechnung einzuführen. Und ich muss es dir gestehen, auch für dich

---

2 Ein Lyriker des. 19. Jahrhunderts hätte vielleicht gesagt:
Es gehen meine Tage
In Traumgebilden hin,
Nur meines Herzens Klage
Sagt, dass ich wachend bin
Was kommst du, Wind, mit Rauschen
Vom grünen Wald daher?
Ach, seinen Schritten lauschen
Werde ich nimmermehr.
•
•

kann ich ein Glück nur dann erkennen, wenn du deine Neigung einem anderen schenktest.«

»Funktionata!«

»Ja, liebe, beste Lyrika. Du willst sagen, das kannst du nicht? – Das wird die Zukunft lehren! Ich kann es schon vermuten, und Kotyledo – hat ja seine Hoffnungen selbst aufgegeben. Atom hat ihm meine Berechnungen auseinander gesetzt. Freilich hält er sich noch an dich gebunden, obwohl er nie ein Wort der Werbung ausgesprochen hat; aber er weiß, dass du von seinen Gefühlen gegen dich überzeugt bist. Deshalb hält ihn seine strenge Gewissenhaftigkeit fest bei dir, obgleich er auch weiß, dass seine Erhöhung durch dich seinen Untergang zur Folge hat. *Deine Pflicht* ist es, ihm seine Freiheit und damit sein Leben zurückzugeben, indem du ihn mit aller Bestimmtheit und selbst *gegen den Wunsch deines Herzens* abweisest. Und vielleicht kannst du noch ein zweites Leben beglücken. Atom...«

»Sprich mir nicht von deinem Bruder«, fuhr Lyrika auf. »Er ist es, der an diesem ganzen Kassandra-Unheil schuld ist. Ohne ihn wärest du nie auf den Gedanken gekommen, Kotyledos Lebensgleichungen zu diskutieren; ohne ihn wären wir beide blind und glücklich geblieben.«

»Blind – ja, aber glücklich? Wie lange wohl? Eben die Sorge um dich, die Liebe zu dir allein trieb Atom dazu, den Schleier deiner Zukunft zu heben.«

»Und ich will keine Liebe, die erst ihre Formeln berechnen muss! Ich will in den Angelegenheiten meines Herzens frei sein, wenigstens für mein Bewusstsein, ich will dies Ideal wenigstens herausretten aus dem Mechanismus dieser Welt – ich will nichts wissen, will nur hoffen und fürchten!«

»Mama, Mama!« ertönte in diesem Augenblicke die helle Stimme Selens, der zur Nebentür des Zimmers hereingesprungen kam, den Flieggürtel noch um die Hüften; nur die hindernde Schraube hatte er abgelegt. »Meine Fliegstunde ist aus, ich kann schon auf dem Rücken fliegen. Guten Tag, Tante Lyrika, ich kann schon auf dem Rücken fliegen, und heut abend mache ich die Freiprobe.«

»Gut, mein Selen«, sagte die Mutter.

»Aber sieh, Mama, da kommt der Papa«, rief der Knabe weiter. »Papa und Onkel Atom! Guten Tag, Papa! Ich kann schon auf dem Rücken fliegen.«

»Und morgen«, sagte Propion, indem er den durch den Schwimmgürtel gewichtslosen Knaben sanft an demselben in die Höhe hob und küsste, »morgen wirst du zum ersten Mal in die Hirnschule gehen.«

»Hurra«, rief Selen, »in die Hirnschule! Bekomme ich da auch einen Kant, wie Vetter Tineol, der immer so groß damit tut?«

»Später, später, mein Sohn«, sagte Propion, indem er, während der Knabe weiter plauderte, seine Frau und Lyrika herzlich begrüßte. Förmlich erwiderte letztere Atoms Gruß, der, da er noch im Flieganzuge war, nach der Sitte der Zeit die Beine zum Willkomm kreuzte.

V. Ein Mittagbrot. Der Heiratsantrag. Was man im 39. Jahrhundert von der Zukunft dachte

Man trat in das Speisezimmer. Die Billigkeit der künstlichen Nahrungsmittel gestattete wieder der Familie, ihren eigenen Tisch zu haben, während noch vor dreihundert Jahren selbst der Reichste nur in den allgemeinen Garküchen speisen konnte. Natürlich wurde auch der Zusammenhang der Familie und ihre Abgeschlossenheit wieder angebahnt, und es zeigte sich auch hier, wie materieller Fortschritt den sittlichen und idealen zur Folge hat.

Man setzte sich um den großen Tisch in der Mitte des Zimmers; er trug in seiner Mitte mehrere eigentümliche Gefäße, von Drähten geschmackvoll umwunden, die auf einen Druck des Fingers durch Schließung eines galvanischen Stromes in Glut versetzt wurden. Rings umher befanden sich die einfachen Rohmaterialien der Speisen, wie sie aus der Fabrik kamen, in zierlichen Schalen. Da war kein blutiger Knochen, kein rohes Fleisch zu sehen, nichts erinnerte an die kannibalischen Sitten der Vorzeit und die pflanzen- und fleischfressenden Tiere, welche Leben töten mussten, um Leben zu erzeugen. Da wirtschafteten nicht Köchinnen und Köche stundenlang mit ihren Fingern an den zu bereitenden Speisen – im Moment, wo man sich zu Tische setzte, mischte die Hausfrau mit dem Platinlöffel vor den Augen der Gäste die Gerichte, welche im Augenblicke gar zum Genusse waren, und unendlich mannigfaltiger wurden die Kombinationen der geschmackvollen Ingredienzien.

»Heute habe ich dir etwas Besonderes mitgebracht, liebe Funktionata«, sagte Propion; »es ist ein neuer Versuch zu einem Gewürz, das, wie ich glaube, großes Aufsehen machen wird. Ihr sollt es zuerst kosten.«

Alle fanden den Geschmack unbeschreiblich erfrischend und anmutig, selbst Lyrika fühlte sich zu einem Lobe veranlasst, und der kleine Selen konnte nicht genug bekommen. Atom schlug vor, das neue Gewürz Lyrizin zu nennen, aber Lyrika dankte für die Ehre.

Da flog ein Papierstreifen durch das Fenster. Ein vorüberfliegender Kolporteur hatte die neue Stundenzeitung hereingeworfen.

»Schon vier Uhr?«, fragte Funktionata. »Gib her«, sagte sie zu Selen, der das Blatt aufhob, »ich will euch mitteilen, was seit drei Uhr Neues passiert ist.«

Sie legte ihr Saugrohr fort und las:

»Die Versuche, mit den Bewohnern des Mars in Verbindung zu treten, sind wieder kräftig in Angriff genommen worden. Man hofft, durch Anwendung der Zirkular-Ätherströme zum Resultat zu kommen. Der Bau der Marsbewohner ist bekanntlich siebenstrahlig, über die Organisation ihrer Sinne ist man jedoch noch nicht im Klaren, und es wird sehr wahrscheinlich, dass, wenn sie überhaupt eine Raumanschauung haben, dieselbe eine solche von sieben Dimensionen ist. Dies dürfte allerdings die Verständigung bedeutend erschweren. Ein anderes Projekt von größter Bedeutung musste leider wieder aufgegeben werden. Es handelte sich um Begründung einer Aktien-Gesellschaft zur Ausbeutung der auf dem Monde entdeckten Goldlager. Doch stellte es sich als vorläufig unmöglich heraus, den Transport zur Erde ohne Gefährdung der Bewohner derselben zu ermöglichen, da die Bahn der zu befördernden Goldstufen sich nicht genau genug regulieren lässt. Das Unternehmen muss also ruhen, bis es gelungen ist, das Geheimnis wieder zu finden, das der sagenhafte Tausendkünstler Warm-Blasius im 24. Jahrhundert besessen haben soll, nämlich frei von der Gravitation durch den Weltraum zu fliegen.«

»Die Redaktion der ›Himmlischen Wespen‹ macht hierzu die Bemerkung, dass trotz der auf dem Monde so geringen Schwerkraft die Fallgeschwindigkeit der Aktien alle Erwartung übertroffen habe.«

» *St. Gotthard.* Die Ausgrabungen im alten Tunnel werden fortgesetzt und brachten eine reiche Anzahl interessanter Gegenstände zum Vorschein, darunter eine Reihe jener kolossalen Trinkgefäße, welche die alten Deutschen Seidel nannten. Das Merkwürdige aber sind wohl die alten Zeitungen, wahre Ungeheuer von mehreren Quadratmetern Papierfläche, eng bedruckt, deutsch, englisch, französisch, italienisch. Wenn man aber die alten Sprachen zu entziffern sucht, so zeigt sich, dass eigentlich nichts darin steht, nichts von Wichtigkeit. Und das las man damals. Man fand ferner zwei eigentümliche Urnen, innen mit noch gut erhaltener Seide gefüttert; der

Zweck ist dunkel. Der berühmte Antiquar Schimmel behauptet, es seien Kopfbedeckungen! Möglich ist es – was war damals nicht möglich! Zu einer Zeit, wo man schlau genug war, die Verstorbenen in die Erde zu scharren, um das Trinkwasser zu verbessern!«

Funktionata brach hier ab. Die Mahlzeit war beendet.

Da Propion und Funktionata das Zimmer verließen, glaubte Atom Gelegenheit zu finden, eine Unterredung mit Lyrika, vielleicht eine Verständigung mit ihr zu erlangen. Schon oft hatte er diesen Augenblick herbeigesehnt, welchem Lyrika bis jetzt noch immer sich zu entziehen wusste.

Seine Schwester Funktionata war Lyrikas vertraute Freundin; aber es war ihm nicht gelungen, etwas anderes durch sie zu erreichen als die Gewissheit, dass Lyrika ihm nicht geneigt sei. Atom war zu sehr von seinem eigenen Werte überzeugt, als dass er an seinem schließlichen Siege hätte zweifeln mögen; Lyrikas Neigung für Kotyledo schien ihm das einzige Hindernis, und nachdem nun die auf seine Anregung von Funktionata unternommene Rechnung ergeben hatte, dass eine Verbindung mit Kotyledo dessen Untergang herbeiführe, glaubte sich Atom seinem Ziele näher als je. Er ging jetzt auch direkt darauf los. Man hatte im 39. Jahrhundert nicht Zeit noch Lust, längere Umschweife zu machen, man war sehr aufrichtig und genierte sich wenig. Ein Heiratsantrag namentlich musste nach der gebräuchlichen Sitte gleich in der ersten Frage der Unterredung gestellt werden. Man mag über diese Form verschiedener Meinung sein, aber es war so. Ein uns gegenwärtig wunderlich erscheinender Gebrauch war auch der, dass man jedesmal mit dem Finger auf die angeredete Person zeigte, sie hätte sonst die Worte nicht auf sich bezogen.

Atom zeigte also mit dem Finger auf Lyrika und sagte: »Wollen Sie mich heiraten?«

»Nein«, entgegnete Lyrika und zeigte auf Atom, das war in Ordnung.

»Warum nicht?«, fragte nun Atom. Das hatte er nicht nötig, aber wenn ihm Lyrika antwortete, so war es gut.

»Weil mein Herz einem anderen gehört.«

»Ihr Herz? Ist dieser Muskel bei Ihnen das Organ der Gefühle? Doch ich weiß, Sie lieben bildliche und altertümliche Ausdrucksweisen.«

»Ihre Bitterkeit ist mir ein Beweis Ihres Ärgers«, sagte Lyrika, »und das tut mir Leid, denn ich habe keine Veranlassung, Sie betrüben zu wollen.«

»Ich ärgere mich nie«, unterbrach sie Atom. »Ich beherrsche meine Reflexbewegungen und suche mein Ziel durch Überlegung zu erreichen.«

»Es mag praktisch sein, ist aber nicht nach meinem Geschmack«, bemerkte Lyrika.

»Ich bedauere meine Mangelhaftigkeit. Aber wem gehört denn Ihr Herz?« fragte Atom.

»Darüber brauchte ich Ihnen, wie Sie wissen, keine Rechenschaft zu geben; jedoch, ich will ganz offen sein und Ihre Vermutung bestätigen.«

»Kotyledo?«

»Ja!«

»Ich danke Ihnen. Aber er wird nie der Ihre werden.«

»Ich weiß es.«

»Sie wissen auch, warum?«

»Ja.«

»Und trotzdem...«

»Trotzdem.«

»Und werden Sie Ihre Meinung nie ändern?«

»Niemals!«

»Sie sind offen, Lyrika. Ich weiß nun, was ich zu tun habe.«

»Und wollen Sie nun auch mir eine Frage ebenso offen beantworten, Atom?«

»Fragen Sie.«

»Ist es unmöglich, dass sich Funktionata irrt?«

»Unmöglich.«

»Ich meine nicht, dass ihre Rechnung falsch sei; aber könnte nicht in den Voraussetzungen, im Ansatz ein Irrtum vorgekommen sein? Wie ist es möglich, alle die Bedingungen, welche den Lebensprozess eines Menschen erhalten, in ihrer Mannigfaltigkeit zu erkennen, all die Wechselbeziehungen richtig in Rechnung zu ziehen?«

»Ich will es Ihnen sagen. Im Allgemeinen ist diese Aufgabe so schwierig, dass sie heute noch nicht gelöst zu werden vermag. Es gibt aber spezielle Fälle, in denen sich die Aufstellung der Gleichungen so vereinfacht, dass sie ohne Schwierigkeit geschehen kann. Zu diesen Fällen gehört der Ihrige.«

»Und warum?«

»Es ist notwendig, um alle Beziehungen zwischen zwei Personen der Rechnung unterwerfen zu können, bis zu jenem Punkte zurückzugehen, welcher den gemeinschaftlichen Ursprung für beide enthält. Wenn es möglich ist, das Schicksal desjenigen Paares zu bestimmen, von welchem beide abstammen, ist die Aufgabe lösbar. Bei Ihnen ist dies der Fall, da die gemeinschaftliche Wurzel Ihres Stammbaumes in eine Zeit fällt, von welcher an genaue Aufzeichnungen durch die Standesregister und öffentlichen Listen bekannt sind. Diese Zeit reicht bis ins neunzehnte Jahrhundert hinab, und in jener Zeit lebten Ihre gemeinschaftlichen Eltern. Ihr Stammvater hieß Schulze und wohnte als Privatmann in der Hauptstadt des damaligen Deutschlands, Berlin. Dies hat Funktionata leicht erfahren können. Zufällig kennt man aber auch sein näheres Schicksal. Es fand im Jahre achtzehnhundertsechsundsiebzig eine so genannte Weltausstellung in einer amerikanischen Stadt namens Philadelphia statt. Schulze hatte sich dahin begeben; auf der Rückfahrt verschwand das Schiff, auf dem er sich befand, und man muss annehmen, dass er mit demselben im Ozean begraben liegt. Dieser Umstand ermöglichte die Aufstellung der Differenzial-Gleichungen, bei denen nun ganze Reihen von Gliedern null werden; und somit kennen wir ihr Schicksal. Doch sollten Sie überlegen…«

»Ich danke Ihnen«, unterbrach ihn Lyrika. »Auch ich weiß, was ich zu tun habe.«

»Und ich werde…«

Atom sprach nicht zu Ende.

Funktionata, Propion und mit ihnen Kotyledo schwebten zum Fenster herein. Sie hatten, am Ufer des Meeres luftfliegend, Kotyledo bemerkt, der von seinem Ausfluge mit Strudel zurückkam. Trotz seines Sträubens nötigten sie ihn, bei ihnen vorzusprechen – vielleicht war auch sein Sträuben nur ein scheinbares, da ihn seine Sehnsucht doch wieder in Lyrikas Nähe trieb.

Die fünf Personen begrüßten sich nicht ohne eine gewisse Verlegenheit, die jedoch bald vorüberging, nachdem Propion seine Psychokineten angeboten hatte. Und während dies wohltätige Instrument mit seinen milden Stimmungen die Gemüter ergötzte, entspann sich eine Unterhaltung.

Propion erzählte von seinem Besuche bei Strudel.

»Wenn diese Behandlung der einzelnen Gehirnpartien«, sagte er, »welche ja jetzt erst seit einigen zwanzig Jahren üblich und noch in ihren Anfängen begriffen ist, durch mehrere Generationen fortgesetzt wird, so muss ganz unzweifelhaft eine erneute Umgestaltung der sozialen Verhältnisse eintreten, und ich wäre neugierig, die Folgen zu erfahren. Es wird offenbar eine so eigentümliche Entwicklung des Gehirns stattfinden, dass man noch gar nicht abzusehen vermag, welche wunderliche und abenteuerliche Auffassung der Welt daraus entstehen könne.«

»Wenn du von wunderlichen und abenteuerlichen Auffassungen sprichst«, unterbrach ihn Funktionata, »so muss doch hinzugesetzt werden, dass solche Bezeichnungen nur von unserem jetzigen Standpunkte aus berechtigt sein können. Wenn aber die Ausbildung des menschlichen Gehirns durchgängig eine andere geworden ist und dadurch eine andere Auffassung der heutigen Körperwelt bedingt wird, nun, so ist diese eben dann die normale; und ich sehe nicht ein, warum man sich nicht in einer Welt mit vier Raum- oder zwei Zeitdimensionen ebenso behaglich fühlen soll als in der unseren – die übrigens durch Aufstellung der Weltformel die Zeitanschauung schon so gut wie eliminiert. Vorausgesetzt ist freilich, dass die Form der Auffassung und des Denkens für alle wieder ein und dieselbe ist.«

»Eine Veränderung der formalen Seite des Denkens in Ihrem Sinne von der modernen Pädagogik zu erwarten schiene mir doch höchst bedenklich«, sagte Kotyledo. »Berücksichtigen Sie die ganz unabsehbaren Verwicklungen, welche hieraus entstehen können. Man müsste befürchten, dass sich die Menschen untereinander nicht mehr verstehen würden. Die Sage erzählt von einer babylonischen Sprachverwirrung; welche Wirrsale erst müssten sich ergeben, wenn auch die Auffassung des Verstandes und der Sinnlichkeit nicht mehr dieselben wären! Denken Sie sich einen Teil der Menschen so gebildet, dass er das hört, was der andere sieht – und umgekehrt; oder dass er die Kategorie der Kausalität nicht mehr besitzt, das heißt, dass er nichts mehr als Grund und Folge, als Ursache und Wirkung verknüpft, sondern vielleicht in irgendeiner höheren Anschauung – sagen wir als immanenten Zweck oder dergleichen – zusammenfasst, eine Anschauung, die ihrerseits wieder allen übrigen Menschen unverständlich bleibt. Wer ist nun noch der Vernünftige? Alle wissenschaftliche Forschung hörte auf. Und welche Verwirrung der sittlichen Begriffe könnte entstehen – nein, man möge sich vor einer Übertreibung der Hemisphärionischen Methode hüten.«

»Ihre Befürchtungen vermag ich nicht zu teilen«, bemerkte Atom dagegen. »Bei einer verständigen Benutzung der Hirnschule wird man sich wohl hüten, Vorstellungen auszubilden, welche den normalen Charakter überschritten. Aber allerdings wird in vielen Individuen eine gewisse einseitige Ausbildung überhand nehmen können. Wenn auch die logische Arbeit die Hauptaufgabe des Menschen ist, so gibt es doch auch andere Seiten der menschlichen Natur, welche in der gemeinschaftlichen Gestaltung des Lebens ihre Rolle spielen. Ich will nicht von der Ausbildung des Stimmungssinnes oder der ethischen Seite des Menschen reden – es lassen sich diese Gebiete nicht streng trennen, und man mag sie unter dem allgemeinen Begriff geistiger Tätigkeit zusammenfassen. Aber wir bedürfen trotz aller Maschinen dennoch auch einer gewissen Summe von Muskelkraft in der Menschheit, und wir bedürfen vor allem des Menschen selbst, das heißt der Erhaltung der Gattung. Körperliche Arbeit und Fortpflanzung sind die beiden Faktoren, welche ebenfalls noch Berücksichtigung finden müssen! Und hier, glaube ich nun, wirkt unsere moderne Erziehung ganz in gleichem Sinne mit dem großen Naturgesetze, welches der Entwicklung der organischen Wesen überhaupt zu Grunde liegt, mit dem Gesetze der Differenzierung. Weißt du, Funktionata, was man unter Differenzierung der Organe versteht?«

»Ich kenne wohl eine Differenzierung der Funktionen in der Mathematik«, erwiderte Funktionata lächelnd, »aber die Bedeutung des Wortes im naturwissenschaftlichen Sinne ist mir nicht ganz klar.«

»Man versteht darunter«, sagte Kotyledo, die Erklärung als Fachmann übernehmend, »das Prinzip der Arbeitsteilung, das heißt der allgemeinen Neigung aller organischen Individuen, sich immer ungleichartiger auszubilden; je ungleichartiger ihre Bedürfnisse und ihre äußeren Tätigkeiten sind, umso leichter können sie nebeneinander existieren, ohne sich das Feld streitig zu machen. Der Kampf ums Dasein begünstigt diese Divergenz. Dieser Sonderung der individuellen Ausbildung entspricht auch eine Differenzierung der Organe; und im Allgemeinen findet man, dass, je höher ein Organismus in der Reihe der Wesen steht, umso mannigfaltiger ausgebildet seine Organe sind. Während alle Lebenstätigkeit bei den niedrigsten Tieren auf eine Zelle konzentriert ist, scheiden sich die Tätigkeiten der Zellen auf den höheren Stufen mehr und mehr; gewisse Zellgruppen widmen sich dann allein der Nahrungsaufnahme, andere der Licht- und Schallaufnahme und bilden sich zu Werkzeugen des Sehens und Hörens aus. So sehen wir die Organe der Sinnesauffassung, der Ernährung, der Bewegung und Fortpflanzung entstehen, und je mehr sich diese wieder in sich sondern und in die Arbeit teilen, umso mehr vermag das Individuum zu leisten. Bei den höchstentwickelten Organismen reicht nun sogar ein Individuum nicht mehr aus, alle Aufgaben der Gattung zu erfüllen. Die verschiedenen Fähigkeiten und Arbeiten zur Erhaltung des eigenen Lebens und des der Nachkommenschaft verteilen sich in verschiedenem Maße auf die beiden Geschlechter. Auf diesem Standpunkte steht neben vielen höheren Tieren gegenwärtig auch noch der Mensch. Doch hat die Natur den Weg, welchen sie einzuschlagen gedenkt, uns schon in einem Zweige der Tiere angedeutet, welche, wenigstens in gewisser Beziehung, selbst den höchstentwickelten Säugetieren vorangeschritten scheinen. Wenn wir unsern Stammbaum bis zu den Würmern hinab verfolgen, so zeigt es sich, dass sich aus diesen heraus zwei Zweige entwickelten, welche auf einen Gipfelpunkt der Ausbildung gekommen sind und eine größere Verbreitung zeigen, während die Übrigen im Niedergange begriffen sind. Es sind dies einerseits die Wirbeltiere, andererseits die Insekten. Wie in der Reihe der ersteren der Mensch an der Spitze steht, so haben auch in der Reihe der Insekten einige Klassen eine gewisse Kulturstufe erreicht, ich meine insbesondere die Bienen und Ameisen. Sie bauen Häuser, bilden Staaten und haben soziale Einrichtungen und Kunsttriebe, welche sie auf eine bedeutendere Stufe des Daseins stellen. Bei ihnen ist nun die Differenzierung weiter vorgeschritten, denn wir unterscheiden außer den Männchen und Weibchen auch noch geschlechtslose Arbeiter. Dies führe ich als Beispiel an. Und wenn ich nun Atom recht verstanden habe, so meint er, dass die nächste Entwicklungsstufe, welche der Menschheit bevorsteht, eine solche wäre, in welcher die verschiedenen Tätigkeiten, Aufgaben und Organe, welche jetzt noch in einem Individuum vereinigt sind, auf verschiedene Individuen verteilt wären.«

»Sehr gut.« Propion lachte. »Sie meinen also, es wird dann besondere Denkmaschinen, besondere Gefühls-, Arbeitsmenschen und so weiter geben?«

»Ja, gewiss«, sagte Atom, »und ich sehe gar nicht ein, warum immer nur zwei Geschlechter, ein ›schönes‹ und ein ›starkes‹, da sein sollen, warum nicht auch einmal drei oder vier.«

»Ach«, rief Funktionata, »das fehlte noch! Was soll dann so ein armes Liebespaar oder vielmehr eine Liebesdreiheit anfangen, ehe sie sich zusammenfindet! Haben doch zwei Herzen schon genug zu tun, bis sie zusammenkommen, und dann sollen es gar drei sein, ehe die Hochzeit gefeiert wird.«

»Das ist freilich schlimm«, bemerkte Atom.

»Und drei Schwiegermütter – nein, vielmehr drei mal drei mal drei gleich siebenundzwanzig Schwiegerelterlinge!«, seufzte Propion scherzend.

»Nun, beruhigen wir uns«, rief Kotyledo. »Wir erleben es nicht mehr. Darüber müssen noch viele Tausende von Jahren hingehen; aber man kann sich dem Gedanken nicht verschließen, dass, wenn unsere alte Erde noch so lange hält, das Gesetz der Entwicklung diesem Zustande zutreibt.«

»Der vielleicht gar nicht so unangenehm ist«, warf Atom ein.

»Ich will darüber nicht entscheiden«, begann jetzt Lyrika; »aber mir ist ein Bedenken gekommen, das mir viel näher zu liegen scheint als diese in eine weite Zukunft greifenden Spekulationen. Ich fürchte auch die Einseitigkeit der Ausbildung der einzelnen Gehirnpartien, und zwar deshalb, weil gerade diejenige Seite des Menschen darunter leiden wird, welche ihm das reinste Glück zu gewähren im Stand ist, die Seite des Gemüts. Wohl können wir uns mit Hilfe des Psychokineten immer noch beliebigen Stimmungen hingeben, aber ist es nicht ein trauriger Ersatz, diese künstliche Hervorrufung von Furcht und Hoffnung, Zagen und Jubeln, wenn diese Affekte aus der Wirklichkeit mehr und mehr entschwinden? Wenn wir unsere Zukunft vorausberechnen, wenn die Komplikation unserer Lebensbedingungen klar vor Augen liegt, wohin schwindet da die Poesie des Daseins?

> Nur ein Irrtum ist das Leben.
> Und das Wissen ist der Tod.«

Kotyledo nickte ihr zu, Atom aber entgegnete: »Sie zitieren da einen uralten Ausspruch, der für uns gar keine Geltung mehr hat. Ich kann für meinen Teil nur ein Glück in dieser Klärung der Verhältnisse sehen. Nur müssen wir uns von Jugend auf – und das geschieht neuerdings glücklicherweise – mit dem Gedanken vertraut machen, dass wir eben nur unter Bedingungen leben, dass sich unser Lebensprozess und unser Schicksal nach großen und ehernen Gesetzen vollzieht; wenn wir nun diese Gesetze mit allen Einzelumständen kennen, so mögen wir umso leichter uns ihnen beugen. Nur wenn wir unsere Zukunft *nicht* kennen, kann Enttäuschung und Leid entstehen; liegt sie aber klar und offen da, so kann überhaupt keine Hoffnung erweckt, also auch keine vereitelt werden; es kann keine Furcht und Angst uns quälen, denn kein ungewisses Grauen liegt vor uns, sondern nur sichere Gewissheit; und in dieser zu leben, muss uns einfach zur *Gewohnheit* werden. Es handelt sich nur um einen Übergang. Vorläufig liegt ja die Sache noch gar nicht so, dass wir bis ins Einzelne wüssten, was uns bevorsteht; wir können nur in gewissen Fällen fragen: Wenn du dies und das tust, was geschieht dann? Wenn du diese Voraussetzung machst, was muss daraus folgen? Und die Antwort darauf gibt uns die Rechnung. Es steht uns also noch eine Wahl offen, und wir können uns noch in gewisser Beziehung der Täuschung hingeben, als sei unser Wille in Wirklichkeit frei. Wer hierin eine Genugtuung findet, der mag davon Gebrauch machen! Daran aber sollte er unverbrüchlich festhalten: Füge dich dem Schicksal, dessen Gesetz dir bekannt ist; weißt du, dass eine Handlung dein Verderben zur Folge hat, so unterlass sie und gib dich nicht der trotzigen Hoffnung hin, das Schicksal müsse seinen Lauf zu deinen Gunsten ändern; halte fest an der Überzeugung, dass die Gesetze des Daseins unveränderlich sind und dass der am besten lebt, der sich ihnen fügt, wo er sie erkennt, und nur dort kämpft, wo noch Wechsel möglich ist, das heißt, wo noch Schatten der subjektiven Erkenntnis liegen.«

»Und ich«, rief Lyrika, die mit größter Ungeduld den letzten, eigentlich ihr allein geltenden Worten zugehört hatte, »ich«, rief sie mit glänzenden Augen, »werde auch kämpfen gegen das Gesetz der Notwendigkeit; wenn ich eine Hoffnung gefasst habe zur Zeit meiner Blindheit, wenn ich dann sehend werde und erkenne, dass ich Verderbliches gehofft – so bleibt doch noch die Frage: Ist nicht das Verderben selbst besser als der liebsten Hoffnung entsagen? Ist es nicht schöner, mit seiner Hoffnung unterzugehen, als *ohne* sie zu leben? Hat das Dasein ohne sie noch einen Wert? Und *diese* Frage habe ich zu entscheiden.«

»Und wenn Sie«, rief Atom erregter als gewöhnlich, »diese Frage so entscheiden, wie Sie zu wollen scheinen, so begehen Sie ein Verbrechen, so versündigen Sie sich an der Gewalt des Naturgesetzes, und Sie büßen gerechterweise.«

»Wenn es das echte Gesetz der Natur ist, da den Menschen unvermeidlich und nicht nur fälschlich von ihnen geglaubt – gut, dann werde ich gern büßen.«

Mit diesen Worten ergriff sie ihre Schraube, verließ das Zimmer und schwebte zum Fenster hinaus. Ohne sich zu besinnen, stürzte Kotyledo ihr nach. Zwischen den wogenden Wolken der leuchtenden Gase holte er sie ein, und sie verloren sich in den gewundenen Bahnen des Luft- und Wolkengartens.

Der Abend war schon heraufgezogen, aber die Anlagen, in welchen Kotyledo und Lyrika sich bewegten, bildeten ein Meer von Licht im eigentlichen Sinne. In immer neuen Gestalten wogten und wallten die luftigen Straßen und verdunkelten mit ihrem Glanze die alten Sterne, die in nur wenig veränderten Stellungen herniedersahen wie vor Jahrtausenden.

VI. Lyrikas Kampf

»Lyrika, wie soll ich Ihnen danken! Sie haben mir die Freiheit der Rede wiedergegeben. Sie kennen mein trauriges Geschick, Sie sehen den Abgrund, vor dem wir stehen, wenn wir unserer Neigung nachgeben. Wie konnte ich es da wagen, vor Sie zu treten? Musste ich mir nicht sagen, dass ich Sie selbst mit mir ins Verderben reiße? Und nun wollen Sie dem Verhängnis entgegenhandeln! Lyrika, Sie wollen die Meine werden?«

So hatte Kotyledo gesprochen, noch vor einer Stunde zu ihr gesprochen. Und hatte sie nicht auch jetzt noch einmal ihn gewarnt? Noch einmal ihm vor Augen geführt, was er wage? Aber wo war die Ruhe der Überlegung im Augenblicke der Leidenschaft geblieben? Durch ihre Bemerkung, die sie im Trotz gegen die Tyrannei des Weltlaufs Atom zugeworfen, hatte sie die Schranke niedergerissen, die Kotyledos leidenschaftliche Natur zurückhielt. Jetzt flutete diese über. Ohne Lyrika sei das Leben für ihn schon heut zu Ende, mit ihr könnte er noch fast zwei Jahre glücklich sein. Und fühlte sie nicht ebenso? Nein, es war nicht zu widerstehen. Das kurze, aber reine Glück, das die Liebenden zu wählen im Stande waren, strahlte so hell über all die Dunkelheiten des zukünftigen Geschicks, dass sie seinem verlockenden Glanze allein sich überließen. Und im Gefühl ihrer Seligkeit, nun sie sich einander angehörten und umschlungen hielten, da glimmte wieder das Fünkchen der Hoffnung auf, das alle kalte Berechnung über den Haufen zu stürzen drohte. Es konnte ja doch möglich sein, dass Funktionata sich geirrt habe, es konnte vielleicht noch ein Mittel geben, den Gang der Ereignisse noch in eine andere Bahn zu lenken. Nein, es durfte nicht sein, dass diese Wonne so rasch vergehe. – »Ende hieße Verzweiflung, nein, kein Ende!«

Vor einer Stunde hatte sie so gedacht. Weit im Norden, wo die Luftanlagen längst geendet, am Abhange des Himmeltind auf einer der Lofoten hatten sie gesessen; hier, jenseits des Polarkreises, war ihnen die Sonne wieder erschienen, die in Deutschland ihnen entschwunden war.

»Morgen feiern wir unsere Vermählung«, hatte Kotyledo gesprochen. Ach, in seinen Armen war die Welt so sicher, so fest, so schön;

wie er sagte, so musste es sein, es konnte nicht anders sein. Noch einmal sollte Funktionata die ganze Rechnung durchprobieren, jeden Versuch wiederholen; die Erlösung musste sich ergeben. Und – ergab sie sich nicht?

> »Ein Augenblick, gelebt im Paradiese,
> Wird nicht zu teuer mit dem Tod gebüßt.«

In seinen Armen, droben am einsamen Felsengestade, konnte sie es sagen; nur füreinander waren sie da, und vergessen war die rauschende Welt. Da mochte das Wort des alten Dichters gelten, eines der wenigen, dessen Verse sich unsterblich durch die Jahrtausende erhalten hatten.

Aber jetzt war sie allein in ihrem Zimmer an der großen 114. Hauptpassage. Vor ihren Fenstern sausten durch die Nacht hindurch mit schrillem Tone die Luftschrauben, summte das Gewühl des Weltverkehrs. Auf ihrem Tische lagen die Depeschen, die Stundenblätter, welche im Laufe des Tages angelangt; alles erinnerte sie an das große Getriebe, in welches sie unauflöslich verflochten war mit ihrem Geschick. Wie mochte das alte, weltverachtende Wort hierher passen, in diese Welt, welche nur besiegt werden konnte, indem man sie anerkannte?

Mechanisch blätterte sie in den angekommenen Zeitungen und Broschüren. Sie las vom großen deutsch-kalifornischen Tunnel und von dem Versuche, direkt auf den Mittelpunkt der Erde zuzubohren, und von den flüssigen Sauerstoffstrahlen, die das glühende Erdinnere bändigten, aber sie dachte sich nichts dabei. Da fiel ihr Kotyledos Name auf. Es war ein Angriff auf seine letzte Schrift über die notwendige Erhaltung der Arzneipflanzen. Sie blätterte in der Kritik und freute sich über die vergebliche Mühe des Gegners; sie hörte schon die Worte, mit denen Kotyledo ihn schlagen konnte. – Konnte er denn noch? Zerfiel nicht der Molekularkomplex C in der Rindenschicht seines Gehirns in 623 Tagen? Dieser reiche Geist sollte zerstört werden, entzogen werden den großen Aufgaben, die noch die Mitwelt an ihn stellte? Und das alles durch sie! Woher nahm sie das Recht, um weniger glücklichen Minuten willen den für sich allein besitzen zu wollen, der noch der Gesamtheit gehörte, und das, um ihn zu verderben! Sie begehen ein Verbrechen – die

Worte Atoms fielen ihr ein. Ja, ein Verbrechen! Nicht am Naturgesetz, das mochte sie jetzt wenig kümmern, aber an dem geliebten Manne, den sie töten sollte, um ihn zu besitzen.

Vergebens suchte sie ihre aufgeregte Stimmung durch den Psychokineten zu besänftigen; sie konnte wohl ihre Gefühle bemeistern, aber die Erinnerung blieb, es blieb vor allem die Überlegung, die berechnende Überlegung, jetzt nicht mehr beeinflusst von der Leidenschaft des Augenblicks. Darfst du? Das war die Frage, die sie nicht ruhen ließ, die sie zur Verzweiflung, zum Wahnsinn zu treiben drohte. Und wieder kamen ihr die Worte des Alten in den Sinn:

> »Nimm, o nimm die traurige Klarheit,
> Mir vom Aug' den blutigen Schein!
> Schrecklich ist es, deiner Wahrheit
> Sterbliches Gefäß zu sein.
> Meine Blindheit gib mir wieder
> Und den fröhlich dunklen Sinn...«

Sie durchmaß ihr Zimmer von einem Ende zum andern, vom Boden bis zur Decke, ohne Ruhe zu finden. Schon stieg im Nordosten heller und heller das Frührot auf, und die Straßenbeleuchtung verlosch. Der erste Strahl des Tagesgestirns, der die höchste Zinne des Stadtteils traf, löste durch eine fotochemische Reaktion die Mechanik des großen Orchestrions aus, und durch alle Häuser drang der gewaltige Pauken- und Posaunenton, welcher den anbrechenden Tag verkündete. Wie oft hatte sie dieser Ton zu neuer Tätigkeit geweckt, wie oft hatte sie seit ihrer ersten Kinderzeit diesen machtvollen Klang mit heiligem Ernst vernommen, der jedweden zur Pflicht rief, der, nach der würdigen Sitte der Zeit schon dem Kindergemüt unvergesslich eingeprägt, eine Mahnung war an den unabwendlich arbeitenden Mechanismus, dem alle gehorchen müssen. Und wie der Klang der Osterglocken durch die Macht der Gewohnheit dem weltüberdrüssigen Faust die Schale von der Lippe zieht, so wirkte das Donnernahen der Leben spendenden Sonne auf Lyrika, das treue Kind ihrer Zeit. Mit einem Male stand es klar vor ihr, dass sie im Begriff sei, eigenem egoistischen Sinn zuliebe den Geliebten zu verderben, an der Menschheit zu freveln, sich dem Weltlauf entgegenzustemmen, und zweifellos schien ihr das Gebot: Du darfst nicht! Und der Entschluss der Entsagung war gefasst.

Aber wie ihn retten? Wie sich ihm entziehen? Denn er durfte sie nicht mehr sehen – sie fühlte, nur in ihrer Flucht lag Rettung für sie beide. Wo er sie gefunden hätte, da wäre sie an ihr Wort gebunden gewesen, das er sicher nicht lösen wollte. Lyrika durfte nicht mehr existieren für Kotyledo, und das konnte sie nur, wenn sie aus seiner Machtsphäre verschwand.

Aber wohin, wohin auf dieser allumwanderten, umflogenen, durchwühlten Erde? Wohin?

Ruhelos sann sie nach. Dann blitzte ihr ein Gedanke auf, sie sprang empor und verließ im Fluge ihre Wohnung.

VII. Eine gespenstische Braut

Vergebens wartete Kotyledo wenige Stunden später am Eingange des Psychäons in den Gärten des Okeanos, wo Lyrika vor der Probe ihn treffen wollte. Eine Stunde verging, ohne dass sie kam, und einen unvorhergesehenen Zwischenfall befürchtend, bestieg Kotyledo einen der zurückfahrenden hydraulischen Trains und befand sich eine Viertelstunde später an Lyrikas Wohnung. Aber auch hier war keine Spur zu finden. Sie habe die Nacht nicht geschlafen, und sei am frühen Morgen ausgeflogen, hörte er. In Sorge um Lyrikas Befinden eilte Kotyledo nach der Wohnung Propions. Er traf Funktionata allein und berichtete das Geschehen. Funktionata versuchte noch einmal, Kotyledos Sinn zu ändern, aber sie richtete nichts aus. So versprach sie denn, wiederholt die ganze Rechnung zu prüfen, obwohl sie keine Hoffnung habe. Doch bewunderte sie den Entschluss der Liebenden; er war eine tragische Tat, vor welcher auch der Andersdenkende mit Achtung und Rührung stehen musste. Von Lyrika wusste sie jedoch keine Auskunft zu geben, und beide begannen ängstlich zu werden.

Während sie sich in Vermutungen erschöpften, flog ein Blatt in das Zimmer. Wer es hereingeworfen hatte, war nicht zu ersehen, doch galt es als keine seltene Erscheinung, dass Briefe im Fluge durchs Fenster geschleudert wurden.

Kotyledo hob das Blatt auf und warf nur einen Blick darauf. Lautlos ließ er es sinken. Funktionata nahm es auf und las:

>»Seid unbesorgt. Lyrika ist euch nahe, doch
> niemals werdet ihr sie wieder sehen. Ich darf
> nicht Dein sein, Kotyledo, und doch bin ich's.
> Du aber wirst leben – habe Mut!
>
> Lyrika«

Ratlos sahen sich Funktionata und Kotyledo an. Was sollte das? War Lyrika nicht mehr am Leben? Sie hatte sich geopfert, um nicht ihrem Versprechen untreu zu werden oder Kotyledos Untergang herbeizuführen. Aber ihr Geist sollte bei ihnen sein, sollte in Kotyledo fortleben und die Erinnerung ihm Mut zur Arbeit geben. Anders waren wohl die Worte kaum zu verstehen. Und doch wollte

Kotyledo seine Hoffnung, die Geliebte wieder zu finden, nicht aufgeben, bis er nicht jeden Winkel der Erde nach ihr durchsucht. Vielleicht hatte sie sich nur verborgen, um ihn zu retten; er aber wollte sie gewinnen, ohne Rücksicht auf sein Los.

Kotyledo verließ Funktionata und begab sich zuerst zu Propion und Atom, die er in ihrem Laboratorium zu treffen dachte. Ausnahmsweise war die Tür verschlossen, und er musste eine Zeit lang warten, ehe Propion zum Vorschein kam. Atom, sagte Propion, sei heute noch nicht da gewesen, er habe gerade am Zentraltunnel, der in Afghanistan begonnen wurde, zu tun. In Kotyledo regte sich ein Verdacht gegen Atom. Hielt er Lyrika versteckt? Doch sein Verdacht legte sich bald; denn noch während er mit Propion sprach, kam Atom wieder, und beide zeigten ein aufrichtiges Erschrecken. Sie wussten offenbar von Lyrikas Verschwinden noch nichts. Das Schicksal Lyrikas beschäftigte beide so sehr, dass selbst Atom seine Eifersucht zu vergessen schien und zunächst nur besorgt war, Lyrika aufzufinden. Das war nun freilich auch für ihn die Hauptsache. Alle drei taten sofort die nötigen Schritte bei den Behörden der öffentlichen Ordnung, und es gab keinen Ort oberhalb und unterhalb der Erdoberfläche, wohin nur Menschen zu dringen pflegten, der nicht nach Lyrika durchsucht worden wäre. Weder lebend noch tot war eine Spur zu finden. Nach vier Pentaden[3] gab man die Versuche auf, und auch die näheren Freunde beruhigten sich. Nur Atom und Kotyledo machten eine Ausnahme; sie vergaßen Lyrika nicht, Kotyledo hatte sich zunächst ganz aus dem Verkehr zurückgezogen. Nur selten erschien er im Botanischen Garten, dessen Leitung er vorstand, und besorgte die wichtigsten Geschäfte; sonst wusste man kaum, wo er war. Aber Atom wusste es. Eine Ahnung, was mit Lyrika vorgegangen sei, war ihm allein aufgestiegen, und er hatte Grund, die Bestätigung seiner Vermutung zu erwarten. Aber er bewahrte seinen Verdacht als ein tiefes Geheimnis und beobachtete unausgesetzt heimlich alle Beschäftigungen Kotyledos.

Eine eigentümliche Veränderung hatte mit Kotyledo stattgefunden. Der besonnene, exakte Forscher war fast zu einem Einsiedler

---

[3] Eine Pentade gleich fünf Tage. Ein Jahr gleich 73 Pentaden. Diese Einteilung gewährt den Vorteil, dass der Zeitraum der Woche (Pentade) im Jahr ohne Rest aufgeht.

geworden, der seine Heimat nicht auf dieser Erde, sondern in geträumten, himmlischen Regionen hat. Ein neues Reich, von den Menschen nicht gekannt und nicht geglaubt, schien sich ihm aufgetan zu haben, das *Reich der Geister*, in welchem jetzt der Schwerpunkt seines Verkehrs lag. Er wollte es nicht glauben, und doch war es tatsächlich so: Lyrika, von der Erde verschwunden, verkehrte mit ihm noch als Geist.

Oft, wenn er in seinem Zimmer mit Nachdenken beschäftigt saß oder auf einsamen Spazierflügen sich erholte, glaubte er neben sich die Gegenwart Lyrikas zu spüren. Deutlich hörte er ihren leisen Seufzer, einen tiefen Atemzug oder das Rauschen ihres Gewandes, ja, mitunter glaubte er ihre Stimme in sanftem Gesange zu vernehmen. Anfänglich waren ihm diese Äußerungen einer Verstorbenen im höchsten Grade unheimlich; er konnte sie nicht naturgemäß erklären und musste sie also für Einbildungen seiner aufgeregten Fantasie halten. Eines Abends hatte er sich nach einer weiteren Spazierfahrt auf jenen Felsvorsprung niedergelassen, wo er das letzte Mal mit Lyrika zusammen gesessen hatte. Auch jetzt vernahm er sicherlich das Rauschen von Lyrikas Gewand, er fühlte ihren leisen Atem an seiner Wange und ihren Kuss auf seinen Lippen. Er griff mit den Armen in die Leere hinaus, aber es gelang ihm nicht, etwas zu erfassen, schon hatte sie sich ihm entzogen. Nachdenklich starrte er fast eine Stunde lag in die See hinaus. Ist wohl jetzt schon der Augenblick eingetreten, fragte er sich, wo die Rindenschicht deines Gehirns zerfällt? Hat Lyrikas Opfer nichts genützt? Bist du nicht mehr deines Verstandes sicher, und ist es der Wahnsinn, der dir schon seine gespenstischen Gebilde vorgaukelt?

Inzwischen war eine atmosphärische Veränderung eingetreten. Mit Eintritt des herbstlichen Abends hatte der Westwind Feuchtigkeit in großem Maßstabe herbeigeführt; die Durchsichtigkeit der Luft hatte zugenommen, und tiefdunkel, scheinbar mit Händen zu greifen, erstreckten sich die entfernten Berge am Horizont. Die Sonne lag im Untergehen mit schrägen Strahlen auf der Felswand, die Kotyledo trug. Den Schatten eines kleinen Felsvorsprungs vor ihm warf sie gerade neben ihn auf den Fels. Als er seinen Blick zufällig auf die Spitze dieses Schatten richtete, bemerkte er eine wunderliche Erscheinung. Es bewegte sich darüber ein matter Schimmer, ein Wechsel von blassen Farben, farbigen Bändern, wie sie gebrochene

Sonnenstrahlen erzeugen. Was konnte diese Brechung hervorrufen? Kotyledo sah jetzt genau nach dem Felsvorsprung, indem er so weit zur Seite ging, dass ihn die direkten Strahlen der Sonne nicht mehr blendeten. Und was sah er hier? Schwach und schattenhaft, einem leichten Luftgebilde gleich, aber in deutlich erkennbaren Umrissen, wie aus einer lichten Wolke geformt, saß Lyrikas Gestalt dort. Er griff sich an die Stirn, rieb die Augen, um zu sehen, ob er wache. Er veränderte seinen Standpunkt, aber die Erscheinung blieb. Sie hatte ihm den Rücken zugekehrt, den Kopf auf die Hand gestützt, sodass er nur einen Teil des fein geschnittenen Profils sah, während Lyrika selbst aufs Meer hinausblickte. Gerade wie an jenem Abend saß sie da, nur die goldene Spange im Haar fehlte – ein Tuch schien den Kopf einzuhüllen. Alles an ihr aber war matt, durchsichtig, es fehlten die natürlichen Farben, und das Gesicht musste sich anstrengen, die nebelhafte Gestalt zu erkennen; nur die Ränder der Figur zeichneten sich durch schwache Farbringe aus, die in Violett, Blau, Orange und Rot spielten und eine märchenhafte Wirkung hervorbrachten. Diese reizende, wahrhaft luftige, mit den zartesten Tinten des Regenbogens angehauchte Gestalt über der Meeresbrandung, dahinter den im Abendrot glühenden Himmel – alles dies wirkte auf Kotyledo so überwältigend, dass er lange Zeit wie verzaubert dastand. Jetzt aber regte sich die Gestalt. Sie erhob sich, schwebte auf ihn zu, offenbar ohne zu wissen, dass er sie bemerkte. Jetzt oder niemals! dachte er. Er stürzte auf sie zu, fasste sie in seine Arme – ein Schrei –, es war Lyrikas Stimme. Umso fester hielt er sie, obwohl er sie jetzt so dicht in der Nähe nicht mehr sehen konnte. Der farbige Schimmer der Gestalt war erloschen, aber den Körper hielt er in den Armen, er fühlte deutlich ihre Hand, ja, er glaubte das Pochen ihres Herzens zu vernehmen, als sie sich anstrengte, ihm zu entfliehen. Und jetzt hörte er ihre Stimme, ihre gewohnte, helle, bittende Stimme:

»Lass mich, Kotyledo, lass mich! Ich darf sonst nie wieder zu dir.«

Er wusste nicht, was er tat – er stand wie vom Blitz gerührt.

Seine Arme öffneten sich, er hörte noch: »Leb wohl, leb wohl...«

Wieder griff er um sich – sie war fort.

Seit jenem Tage bestand ein täglicher Verkehr zwischen Kotyledo und Lyrikas Schatten. Nie sah er wieder ihre Gestalt, auch ihre

Stimme hörte er selten einmal, und dann nur wenige Worte, die einen herzlichen Gruß, einen beruhigenden Trostspruch enthielten. Das Rätsel löste sich ihm nicht. Unerklärlich war ihm ein häufiges, sich wiederholendes Aufblitzen von Lichtstrahlen, wie der Reflex von geschliffenen Gläsern. Eines Tages bemerkte er in der Luft seines Zimmers ein Blitzen wie von glänzendem Metall. Er blickte hin und sah nun den ihm bekannten Ring Lyrikas in der Luft schweben, gewöhnlich ruhend, dann hin und her gehende Bewegungen machend. Er fasste danach und fühlte Lyrikas Finger. Aber rasch wurden sie ihm entzogen, und nur den Ring behielt er in der Hand. Er glaubte ein Wort des Bedauerns von Lyrika zu hören und legte den Ring neben den Phonograph auf seinen Telegrafiertisch; bald darauf war er verschwunden.

Fast täglich fand er jetzt sein Zimmer wie von Geisterhänden mit frischen Blumen geschmückt, mit diesem seltenen Luxus der Zeit, der ihm zugleich so lieb und teuer war. Oft schwebten Blumen und Kränze direkt durch die Luft zu ihm; er war überzeugt, dass Lyrika sie trug, aber er wagte nicht mehr, nach ihr zu greifen, teils weil er wusste, dass sie es nicht wollte, teils aus Furcht, sie zu verletzen, da er ja nicht sehen konnte, wohin sein ausgestreckter Arm reiche. Und dass ihr Körper wie früher undurchdringlich und dem Tastgefühl zugänglich war, wusste er bereits. Mitunter fand er Walzen in seinem Psychokineten eingesetzt, welche von Lyrika bereitet waren und ihm nun unmittelbar ihre Gefühle zuführten. Er empfand da, wie sie mit heißer, unzerstörbarer Liebe an ihm hing, wie sie um das bittere Geschick trauerte, das sie zwang, ihn ewig zu fliehen, und wie sie doch glücklich war in dem Bewusstsein, bei ihm sein zu können, unsichtbar ihn zu umschweben und mit geisterhafter Geschäftigkeit ihm tausend kleine Dienste zu leisten, ja mitunter einen Kuss auf seinen Mund zu hauchen.

Kotyledo fühlte sich jetzt fast glücklich bei seiner gespenstischen Braut, er hatte sich an ihre geisterhafte Existenz gewöhnt und grübelte nicht weiter über die Ursachen, welche eine so naturwidrige Erscheinung bewirken konnten. Zugleich schämte er sich, an diesen ihm so lieb gewordenen Verkehr mit einem Geist zu glauben, und behielt daher sein Glück für sich. Niemand machte er eine Mitteilung von dem Zustande, in welchem er Lyrika wieder gefunden. Aber wenn ihm auch so vereinzelte Stunden glücklich dahingingen, ja, wenn es selbst vorkam, dass er Lyrikas helles Lachen hörte, so verzehrte ihn doch eine unauslöschliche Sehnsucht nach ihr. Es waren ja immer nur flüchtige Minuten, in denen er Kunde von ihr bekam, und auch dann nur durch das Ohr oder den Psychokineten. Oh, gern hätte er sein späteres Leben darum gegeben, nur ein Jahr in Lyrikas wirklichem Besitz hinzubringen, wenn er auch nach Funktionatas Berechnung dann hätte sterben müssen. Noch immer gab er – trotz Funktionatas wiederholter Versicherung – die Hoffnung nicht auf, die Rechnung werde sich als falsch erweisen, und doch fürchtete er es wieder. Denn war nicht Lyrika doch für ihn verloren? Konnte er einen Geist als Gattin heimführen, der »jenseits der Styx« wohnte, wie sie ihm einmal auf seine Frage, wenn auch vielleicht nur im Scherz, geantwortet hatte? Oder gab es ein Mittel, Lyrika wieder in ihrer menschlichen Gestalt herbeizuzaubern? Würde sie wiederkehren, wenn sie nicht mehr zu befürchten brauchte, ihn durch ihren Besitz zu vernichten?

Oft quälten ihn diese Fragen, aber er brachte es nicht über sich, den Versuch zu machen, Lyrikas geisterhaften Zustand wissenschaftlich zu erklären. Nur über das eine musste er sich vergewissern: War Lyrikas Existenz wirklich auch für andere wahrnehmbar, oder war sie nur seine Halluzination? Er glaubte sich dies schuldig zu sein, da es eine Frage war, die seinen geistigen Gesundheitszustand und somit auch die Pflicht gegen sein Amt anging. Wen aber sollte er ins Geheimnis ziehen?

Da fiel ihm Strudel ein. Bei ihm fand er am leichtesten Verständnis, und zu seinem gewiegten Urteil hatte er Vertrauen. Er wusste, dass er ihn des Abends immer im Ozean fand, und dort beschloss er, ihn aufzusuchen. Lange war er nicht ins Meer hinabgestiegen, denn er hatte bald bemerkt, dass ihm Lyrika niemals dahin folgte; und da er sich ihr nicht freiwillig entziehen wollte, so blieb er gänzlich an der Luft.

Nun hatte er schon längere Zeit hindurch vergeblich auf Lyrika gewartet; sie war seit zwölf Tagen nicht mehr erschienen, und Kotyledos Ungewissheit hatte sich gesteigert. So legte er heute seinen Taucheranzug an, der den größten Wasserdruck aushielt und selbst fortwährend frische Atemluft erzeugte, bestieg den hydraulischen Train und begab sich nach den Gärten des Okeanos.

VIII. Tunnelbauten. Die Saphirgrotte. Die Jagd über den Ozean

Atom saß, eifrig mit Studien beschäftigt, in seinem Geheimbüro im Zentraltunnel siebzehn Kilometer unter der Erdoberfläche, mitten in einer herrlichen Grotte von kolossalen, durchsichtig klaren Saphiren und Rubinen, die im elektrischen Lichte zaubrisch glänzten. Wie war Atom hierhergekommen?

Der Tunnelbau hatte in neuerer Zeit bedeutende Fortschritte gemacht, aber einen wahrhaft großartigen Aufschwung nahm die Technik desselben, als die Liquifizierung des Sauerstoffs gelungen war. Man konnte jetzt in früher unzugängliche Tiefen der Erde, ja unter die feste Schicht der Erdrinde in den feurig-flüssigen Teil des Erdinnern eindringen. Die große Hitze wurde dadurch beseitigt, dass man einen Strom von flüssigem Sauerstoff in den Tunnel leitete; derselbe band bei seiner rapiden Verdunstung so viel Wärme, dass man ohne Beschwerden in der größten Tiefe arbeiten konnte; und man hatte noch den Vorteil, dass der verdampfte Sauerstoff die beste Ventilation von selbst darbot. Ja noch mehr! Indem man den Strom des liquiden Oxygens in die geschmolzenen Massen des Erdkerns leitete, erstarrten dieselben unter seiner Berührung, und man konnte auf diese Weise eine Röhre gewissermaßen durch das Innere der Erde hindurchspritzen. Um den Sauerstoffstrom herum bildete sich eine starre Rinde von außerordentlicher Härte, die im Laufe der Zeit bei fortgesetzter Zuführung des Kälteerregers genügend dick wurde, um den ungeheuern Druck des Erdinnern auszuhalten. So hatte man zunächst kleinere Tunnel, welche bis zu zwanzig und dreißig Meilen ins Innere drangen, mit Glück gebaut und endlich im Jahre 3869 auch nach zwanzigjähriger Arbeit den großen deutsch-kalifornischen Tunnel vollendet.

Die Entfernung der beiden Ausgänge des völlig geradlinigen Tunnels betrug auf der Erdoberfläche, in der geodätischen Linie gemessen, 1322 geographische Meilen; das war also der kürzeste Weg, den man über der Erde von dem einen Punkte zum andern nehmen konnte; der Tunnel aber, der die Sehne des Bogens darstellte, war nur 1193 Meilen lang, schnitt also 129 Meilen ab. Die beiden Erdradien, von den Ausgangspunkten des Tunnels nach dem Mittelpunkt der Erde gezogen gedacht, würden dort einen Winkel von 88 Grad eingeschlossen haben; folglich betrug die Neigung, welche die Linie des Tunnels gegen den Horizont von Deutschland sowohl als gegen den des westlichen Kaliforniens hatte, 44 Grad, das heißt, der Tunnel ging mit einer Neigung von 44 Grad in Deutschland in die Erdoberfläche hinein und kam mit derselben Neigung gegen die Oberfläche Kaliforniens dort zum Vorschein. Dadurch hatte man den Vorteil, zum Durchfahren dieses Tunnels keiner andern Kraft zu bedürfen als der Schwerkraft. Auf drei Schienen, welche im Durchschnitt in dem kreisförmigen Tunnel ein gleichseitiges Dreieck bildeten, glitten die Wagen, deren Reibung auf ein Minimum reduziert war, wie Schlitten auf steiler, aber völlig glatter Eisbahn, von der Schwere getrieben, mit unglaublicher Geschwindigkeit hinab. Diese Geschwindigkeit nahm fortwährend zu, bis die Mitte des Tunnels erreicht war, welche von allen Punkten desselben dem Erdmittelpunkt am nächsten lag und sich 240 Meilen unter der Oberfläche der Erde befand. Von dort stieg der Schlitten wieder in die Höhe und überwand vermöge der gewonnenen Energie der Bewegung den jetzt auftretenden Widerstand der Schwere, bis er wieder an das Ende der schiefen Ebene in Kalifornien gelangt war.

Wenn hier von einem Herab- und Hinaufsteigen gesprochen ist, so muss man natürlich verstehen, dass damit nur ein Annähern und Entfernen in Bezug auf den Erdmittelpunkt gemeint ist, die Bahn des Wagens aber eine vollständig geradlinige bleibt. Der Widerstand der Luft, der bei einer Fallgeschwindigkeit, welche in der Mitte des Tunnels fast eine deutsche Meile pro Sekunde betrug, nicht zu überwinden gewesen wäre, wurde einfach dadurch beseitigt, dass man den Tunnel luftleer gemacht und sehr zweckmäßige Ventile zum Verschluss angebracht hatte. So wirkte sogar jeder durchgehende Train wie der Stempel einer Luftpumpe aufs Neue entleerend. Die Reisenden waren ja alle mit Sauerstoffvorrat versehen.

Nachdem nun dieser großartige Tunnel vollendet war, beschloss man ein noch gewaltigeres Unternehmen, und diesmal zu rein wissenschaftlichen Zwecken. Man projektierte eine Tunnelbohrung nach dem Mittelpunkt der Erde, um die Geheimnisse des tiefsten Erdinnern aufzuschließen. Bei der Wahl des Ortes hatte man den Gedanken zur Geltung gebracht, ein ungefähres Zentrum des großen Landkomplexes der östlichen Halbkugel mit seiner antipodischen Stelle inmitten des großen Ozeans zu verbinden, die Erde gewissermaßen in einer Achse der Symmetrie zu durchbohren, und aus hier nicht näher zu erörternden Gründen dazu eine Stelle in Afghanistan in der Gabel zwischen den Flüssen Argandab und Hilmend gewählt. Da man täglich über einen Kilometer fortschritt, konnte man hoffen, in ungefähr fünfzehn Jahren den Erdmittelpunkt und, wenn kein unvorhergesehenes Hindernis eintrat, in der doppelten Zeit den Grund des Pazifischen Ozeans zu erreichen.

Seit kaum drei viertel Jahren arbeitete man über dem Tunnel und war mit der Bohrung bereits vierhundert Kilometer ins Innere gedrungen. Von Strecke zu Strecke hatte man seitliche Bohrungen vorgenommen und geräumige Höhlen zur Aufnahme der Apparate geschaffen. In der Tiefe von siebzehn Kilometern fand man in einer Schicht von gediegenem Aluminium große blasenförmige Hohlräume und hatte diese zur Hauptstation der Beamten und Arbeiter des Tunnelbaues eingerichtet, nachdem sich die Höhlen nach der Einleitung des Sauerstoffs und unter der Wirkung des großen Druckes mit einer Schicht von amorpher Tonerde bedeckt hatten.

Atom, welcher die chemischen Arbeiten des Tunnelbaues zu leiten berufen war, hatte sich in einer dieser Höhlungen sein Büro errichtet. Eines Tages bemerkte er, dass sich von einer Ecke seines Büros aus noch ein enger Gang in das Gestein hinzog; er drang durch denselben vor und befand sich vor einem schmalen Spalt, durch welchen hindurch das Licht seiner elektrischen Lampe auf herrlich widerstrahlende fußdicke blaue und rote Kristalle fiel. Das Aluminiumoxid war hier in Folge irgendwelchen örtlichen Verhältnisse zu den prächtigsten Saphiren und Rubinen auskristallisiert, die so schön klar und regelmäßig gebildet waren, dass sie keines künstlichen Schliffes bedurften. Atom erweiterte den Spalt und befand sich bald in einem Saale von Edelsteinen, wie ihn kein Märchen großartiger erdenken konnte. Die Entdeckung war übrigens nicht so wertvoll, wie sie im neunzehnten Jahrhundert gewesen wäre, denn die Edelsteine hatten nur einen Wert ihrer Härte und technischen Verwendbarkeit wegen; aber der Anblick im Glanze der elektrischen Beleuchtung war so bezaubernd, dass Atom beschloss, diese kolossale Kristalldruse zu seinem Privatbüro zumachen. Er ließ nur den äußeren Gang in seinem Amtszimmer durch eine Tür verschließen und hielt seine Entdeckung geheim. Nach und nach aber brachte er seine wichtigsten Bücher, Instrumente und Chemikalien dahin und zog sich in seine Saphirgrotte zurück, sobald er eine besonders wichtige Arbeit vorhatte.

Auch heute saß er bei der Arbeit im »Rubinzimmer«, bei einer Arbeit, die ihn Tag und Nacht beschäftigte und seinen ruhelosen Geist zu immer neuen Anstrengungen trieb. Aber es war auch eine Riesenarbeit; es galt nicht, die Erde zu durchbohren oder Vulkane auszulöschen, es galt nicht, das Meer zu verdampfen oder den Mond gegen die Erde zu sprengen – Atom wäre davor nicht zurückgeschreckt; es galt etwas Schwereres – es galt, den Willen eines Weibes zu bezwingen. Und Atom war entschlossen, die Aufgabe zu lösen.

»Es muss möglich sein«, sagte er zu sich, »auch durch eine verhältnismäßig kurze Behandlung der Zentralorgane des Nervensystems eine Wirkung auf den Willen und auf die sympathischen Empfindungen des betreffenden Individuums hervorzurufen. Alles ist vorbereitet, die Apparate sind nach unendlicher Mühe zusammengestellt, die Chemikalien beschafft, die erforderlichen Stellen in Gehirn- und Rückenmark ermittelt, es fehlt nur eines: das Versuchsobjekt selbst. Es fehlt Lyrika. Und somit ist meine Aufgabe klar formuliert! Es gilt, Lyrika in meine Gewalt und in dieses Zimmer zu bringen. Freiwillig wird sie mir nicht folgen, ich muss sie also zwingen. Das wird nicht zu schwer sein – ein leichter Gasstrom aus dieser Hülse, und sie ist bewusstlos, bewegungslos. Leicht kann ich sie dann hierherschaffen. – Ha, ich bin entschlossen, bis zum Äußersten zu gehen! Ich werde sie erwerben, und wenn sie mir ihre Liebe nicht schenken kann, so werde ich ihre Neigung selbst erzeugen. Nicht umsonst habe ich mich seit drei Monaten unausgesetzt mit der Theorie der Gehirnfunktionen beschäftigt!«

So sprach Atom zu sich selbst. Wo aber war Lyrika? Wie konnte er sie finden? Dies schien ihm nicht schwer. Atom hatte, nachdem er seine Diaphot-Erfindung vervollkommnet, mit gutem Erfolg unsichtbar um Kotyledos Wohnung spioniert und nach kurzer Zeit Lyrikas Geheimnis entdeckt. Lyrika war die einzige Person außer Propion gewesen, zu welcher Atom einmal vom Diaphot gesprochen hatte. Daran hatte Lyrika sich erinnert und sich dasselbe an jenem Morgen, als sie auf ihre Liebe verzichtete, aus Atoms Laboratorium zu erwerben gewusst. Die Glasflasche mit Diaphot war verschwunden, und so war es für Atom nicht schwer zu erraten, dass Lyrika dieselbe benutzt hatte, um ihrerseits zu verschwinden. Aber Atom wusste auch, dass das Diaphot nur auf acht bis neun Tage vorhalte und dann eine neue Dosis dem Körper zugeführt werden müsse; im andern Falle gewann derselbe seine Undurchsichtigkeit wieder, indem das Diaphot durch den Stoffwechsel aus den Geweben ausgeschieden wurde. Zuerst wurden dabei eigentümlicherweise Haare und Knochen wieder sichtbar, sodass von einem solchen Menschen nichts als das Skelett zu sehen war; allmählich trat dann auch die Haut hervor, und der Körper nahm sein gewöhnliches Aussehen an. Der Vorrat von Diaphot, welchen Lyrika entwendet hatte, musste nun, nachdem über drei Monate vergangen waren, aufgebraucht sein; sie sah sich also genötigt, einen neuen Vorrat zu gewinnen, was ihr freilich durch ihre Unsichtbarkeit erleichtert wurde.

Dies sah jedoch Atom voraus und hatte deshalb seinen Besitz an Diaphot in dem »Rubinzimmer« verborgen und verschlossen.

Die Existenz des Rubinzimmers hatte nun Lyrika bald ausgekundschaftet, indem sie sich unsichtbar dicht hinter Atom hielt: so gelangte sie in das Geheimbüro; aber in den verschlossenen Diaphot-Schrank zu dringen war ihr unmöglich. Sie musste also warten, bis Atom einmal zufällig den Schrank aufschloss, vielleicht konnte sie dann die Büchse ergreifen und entfliehen. Aber auch Atom rechnete darauf, dass das Diaphot Lyrika selbst in seine Behausung treiben würde; sobald er sie dann entdeckte, wollte er sie betäuben und sich ihrer bemächtigen, um sein psychophysisches Experiment mit ihr vorzunehmen. Die so veränderte Lyrika wäre dann natürlich nicht nur ohne Weigerung, sondern gemäß ihres Gesinnungswechsels mit Freude die Seine geworden.

Aber Atom wusste nicht, dass Lyrika bereits seit langer Zeit sich jeden Tag einige Stunden unsichtbar in seiner Grotte aufgehalten, dass sie manches Wort erlauscht hatte, was er im Eifer des Nachsinnens hervorstieß; dass sie unausgesetzt den Fortschritt seiner Vorrichtung beobachtete und seine Absicht durchschaut hatte; dass ihr völlig klar war, welche Gefahr ihr von Atoms rücksichtsloser Entschlossenheit drohte. In seine Gewalt zu fallen wäre ihr mit dem Tode gleichbedeutend gewesen, und doch musste sie sich in die Höhle des Löwen wagen, denn er von allen Sterblichen allein war im Besitze des Mittels, das sie brauchte, um bei dem Geliebten zu weilen, ohne ihn zu töten. Sie handelte daher entschlossen, aber mit Vorsicht. Als Atom die Grotte verließ, blieb sie zurück; sie war eingeschlossen in einer Saphir- und Rubinhöhle, siebzehn Kilometer unter der Erdoberfläche.

Freiwillig hatte sie sich einschließen lassen. An Luft und Nahrung war kein Mangel, denn die Sauerstoffleitung floss fortwährend, und mit Kraftpillen, die auf Wochen aushielten, hatte sie sich versehen. Ungesäumt ging sie an die Arbeit. Sie befand sich im Stande der Notwehr, und gegen Atom durfte ihr jedes Mittel gelten. Werkzeuge befanden sich im Rubinzimmer genug, und bald hatte sie den Schrank erbrochen. Aber, o Unglück, der Vorrat an Diaphot betrug nur wenige Gramm – er konnte höchstens für zwölf Tage ausreichen. Sogleich nahm sie denselben zu sich, da schon die Wirkungen der früheren Dosis nachließen, und suchte nach mehr. Vergebens! Nirgends eine Spur. Entweder führte Atom das Übrige bei sich, oder er hatte überhaupt im Eifer seiner neuen Unternehmung die Herstellung größerer Mengen unterlassen. Nun musste sie hoffen, dass Atom bald zurückkäme, solange sie noch unsichtbar war; sonst konnte sie ihm nicht entschlüpfen.

Aber Tag auf Tag verging – Atom ließ sich nicht sehen. Oft hörte sie ihn außerhalb in seinem Hauptbüro sprechen, aber in das geheime Zimmer kam er nicht. Und der zwölfte Tag brach an! Schon bemerkte sie beim Scheine der elektrischen Lampe, die sie angezündet hatte, einen leichten Schimmer, der wie ein Nebelstreif hin und her wogte und ihre Bewegungen begleitete. Vergebens putzte sie die Gläser ihrer Brille, die sie im durchsichtigen Zustande tragen musste, da sich ja auch die lichtbrechende Kraft der Flüssigkeiten in ihrem Auge geändert hatte. Diese Brille war überhaupt derjenige Teil in dem Prozess des Unsichtbarmachens, welcher die größte Schwierigkeit bot, da sie bei ungünstiger Beleuchtung zum Verräter werden konnte. Jedoch hatte Lyrika bis jetzt diesen Übelstand immer glücklich vermieden; es kam nur darauf an, das Glas vor jedem Lichtreflex zu hüten. Wie sie auch diese Gläser reinigte, die Streifen an ihrer Seite blieben – es waren ihre vollen dunklen Flechten, die an beiden Seiten des Kopfes herabhingen und schon anfingen sichtbar zu werden. Es war höchste Zeit, dass Atom kam!

Stunde auf Stunde verging, und immer deutlicher trat der reiche Haarschmuck ihres Hauptes hervor. Diesmal war es natürlich eine ganz andere Art des Sichtbarwerdens als ihre nebelhafte Erscheinung an jenem Abend auf den Lofoten. Damals mangelte es ihr nicht an Diaphot, sondern die optischen Eigenschaften der Luft hatten sich geändert; der Grund lag nicht an einer Veränderung ihres Körpers, und so war ihre ganze Gestalt auf einmal als leichter Nebel sichtbar geworden. Hier aber verlor sich das Diaphot nach und nach aus den einzelnen Teilen ihres Körpers, und diese erschienen dementsprechend allmählich deutlicher. Lyrika zitterte vor Ungeduld und Furcht. Wenn Atom noch eine Stunde ausblieb, so musste er sie bei seiner Rückkehr bemerken, und sie war verloren. Sie verbarg sich unmittelbar hinter der Tür, nachdem sie die Lampe wieder gelöscht hatte. Hier hoffte sie, nicht gleich gesehen zu werden und so zu entkommen, ehe Atom wusste, wohin er sich zu wenden habe. Endlich hörte sie Schritte im Büro, sie kamen durch den Gang – Atom nahte. Ein Lichtstrahl von seiner Lampe drang durch die Tür, das Schloss erklang, die Tür wurde geöffnet.

Atoms erster Blick fiel auf den Schrank, der erbrochen war, und im ersten Moment sprang er darauf zu. Diesen Augenblick benutzte Lyrika, um zur Tür hinauszuschlüpfen, aber auch Atom kehrte sofort um und sprang zur Tür, um sie zuzuschlagen und so ein etwaiges Entkommen zu verhindern. Aber es war zu spät. Schon sah er Lyrikas Haar am Ausgang flattern.

Keinen Moment besann sich Atom; er sprang in sein Büro zurück, ergriff seinen Flugapparat, den er in einer halben Sekunde umgeworfen hatte, und folgte der Fliehenden. Lyrika, die in den halbdunklen, unregelmäßigen Seitenräumen des Tunnels nicht rasch fliegen konnte, hatte nur einen kurzen Vorsprung. Als sie am Eingang zu dem Tunnel selbst anlangte, kam auch Atom schon aus der gegenüberliegenden Tür des Hohlraums und sah ihren Schatten zur Tür hinausflattern in den senkrecht aufsteigenden Tunnel. Hier schoss sie nun rascher als ein Pfeil empor, Atom etwa zweihundert Schritte hinter ihr her. In achtzig Sekunden waren die siebzehn Kilometer bis zur Erdoberfläche zurückgelegt, und Lyrika schwebte über dem sonnigen Boden Afghanistans. Atom folgte ihr unmittelbar, er gab die Verfolgung nicht auf. Jetzt kam es darauf an, wer den Flug länger aushielt, wer ihn rascher zu führen wusste. Für Lyrika gab es kein Entrinnen als durch Schnelligkeit, sodass sie Atom aus dem Gesicht kam. Es hätte ihr nichts genutzt, sich unter den Menschenstrom unten auf der Erde zu mischen, Atom hätte sie hier leicht eingeholt, ein Hauch seiner Gasphiole, und sie wäre machtlos umgesunken. Atom hätte eine Perücke auf dem Arm getragen – wer hätte sich darüber gewundert? Man sah von ihr nichts als den Schimmer ihres Haares. Also rasende Flucht, bis sie sich verbergen konnte.

Über Asien ging die wilde Jagd, Afghanistan, Persien flogen unter den Eilenden dahin. Schon befanden sie sich über dem großen See, welcher sich dort wieder ausbreitete, wo früher die große Salzsteppe Persiens sich gedehnt hatte. Atom war Lyrika noch nicht näher gekommen. Die Flugmaschinen beider waren aus derselben Fabrik, völlig gleichmäßig gearbeitet, beide gleich stark, in gleich gutem Zustand, mit komprimiertem Sauerstoff zur Genüge versehen; die Körper der Fliegenden waren von gleichem Gewicht, das heißt: beide durch die Schwimmgürtel gewichtslos, auch der Widerstand der Luft war für beide gleich, da der Unterschied der Körpergröße bei der gleichen Form und Größe des umfangreichen Luftschirmes nicht in Betracht kam. So sausten sie in gleichem Abstande über die Gebirge im Süden des Kaspischen Meeres, überschritten das letztere und bewegten sich durch das Tal der Kura an der Südseite des Kaukasus entlang.

Atom konnte nur hoffen, dadurch näher zu kommen, dass Lyrika einen Umweg machte und er die kürzere Strecke wählen konnte; aber bis jetzt hatte sich keine Gelegenheit dazu geboten – Lyrika hielt genau Richtung und kannte die Gegend wie Atom. Um durch den Verkehr und die Luft selbst möglichst wenig gehindert zu werden, hielt sie sich in den höchsten Schichten. Schon schwanden die Zinnen von Tiflis hinter ihnen am Horizonte – sie hatten dreihundert geographische Meilen in wenig mehr als zwei Stunden zurückgelegt, einen Weg, zu dem man sonst mindestens drei Stunden brauchte.

Es war neun Uhr morgens, als die Abfahrt vom Zentraltunnel erfolgte, jetzt wäre es in Afghanistan zwei Stunden später, also elf Uhr gewesen, in Tiflis aber zeigte die Uhr erst ein Viertel auf zehn; denn Lyrika flog mit der Sonne. Noch war der Abstand zwischen Flüchtling und Verfolger derselbe, und schon war die Hälfte des Weges bis zum östlichen Deutschland zurückgelegt.

Lyrika schöpfte neue Hoffnung; schon tat sich das Schwarze Meer unter ihnen auf, dessen nördlichen Teil sie überflogen. Eine Stunde später glitten sie bereits an der Kette der Karpaten hin – noch eine halbe Stunde, und sie war in Schlesien, in Deutschland! Würde sie sich in ihre Wohnung retten können? Vielleicht am Fenster noch hätte sie Atom erreicht! Jetzt musste sie sich auch allmählich senken, aber damit kam sie auch in die von Luftwagen und Fliegenden reich belebten Regionen. Es war nicht zu vermeiden, dass sie nach oben, unten oder nach den Seiten ausbog, und näher und näher hörte sie Atoms Schraube klirren, hörte sie das scharfe Pfeifen seines Luftschirms durch die rasend schnell zerteilte Luft. Jetzt befanden sie sich am Eingang des deutsch-kalifornischen Tunnels; von dort waren es noch achtzehn Meilen zu Lyrikas Wohnung; um diese zurückzulegen, brauchte sie noch neun bis zehn Minuten. Aber schon in fünf Minuten musste Atom sie eingeholt haben. Da fasste sie einen Entschluss der Verzweiflung. Senkrecht ließ sie sich hinabstürzen, die Schraube nach oben gekehrt; so schoss sie mit einer Geschwindigkeit von 250 Metern in der Sekunde hinab – Atom ihr nach. Unmittelbar vor dem Eingang des Tunnels gab sie sich eine plötzliche Wendung, sodass ihre Bewegung eine schräg nach unten gerichtete wurde, und flog gerade in den Tunnel hinein. In demselben Augenblick fuhr ein Zug in den Tunnel, und es gelang Lyrika, den letzten Wagen zu erreichen, an welchem sie sich mit Aufbietung aller Kräfte festklammerte.

Atom stürzte dem Zuge in den Tunnel nach, ein paar Sekunden lang näherte er sich ihm noch, aber es gelang ihm nicht mehr, die Wagen zu erreichen. Der Zug hatte seine Geschwindigkeit schon zu sehr beschleunigt und passierte eben das erste Ventil. Bis hierhin drang Atom mit seinem Fluge noch mechanisch vor, aber hier war ihm auch Halt geboten, denn in den luftleeren Raum konnte er sich nicht wagen – sein Flugapparat wäre dort wirkungslos geworden. Schon viele Meilen weit im Erdinnern sah er die Lichter des Zuges durch die Chresim-Membran des Tunnelventils schimmern. Dann erst kehrte er um und entkam nur mit Mühe der Gefahr, von einem zweiten, nachfolgenden Zuge zerschmettert zu werden. In ohnmächtiger Wut flog er seiner Wohnung zu. Lyrika war gerettet.

In einer Stunde hatte der Zug, welcher Lyrika trug, unter der rasenden Beschleunigung der Schwerkraft den Tunnel passiert und hielt am kalifornischen Bahnhof. Als er Deutschland verließ, war es 9.45 Uhr; nach deutscher Zeit hätte man jetzt 10.45 Uhr vormittags gehabt, aber im westlichen Nordamerika herrschte noch tiefe Nacht; die Bahnhofsuhr zeigte 1.32 Uhr.

Lyrika benutzte ihre Unsichtbarkeit und das Dunkel der Nacht, um sich unbemerkt vom Zuge zu lösen, und flog ohne Aufenthalt dem Osten zu; sie fürchtete, Atom könne ihr durch den Tunnel folgen, und wollte so viel Vorsprung gewinnen, dass es unmöglich würde, sie wieder aufzufinden. Deshalb schlug sie auch nicht eine rein östliche, sondern südöstliche Richtung ein. Über die Gipfel der Sierra Nevada stürmte sie noch im raschesten Fluge; dann mäßigte sie die Bewegung ihrer Schraube und schwebte mit der üblichen Geschwindigkeit von 80 Meilen pro Stunde über die Gebirge und Ströme von Arizona und Neu-Mexiko. Ruhig legte sie sich in ihren Bügeln zurück und sah der aufgehenden Sonne entgegen, deren erster Strahl sie über Texas traf. Sie passierte den Mississippi, flog über den nordöstlichen Teil des Golfs von Mexiko, indem sie die Mobile-Bai und die Appalachen-Bai abschnitt, und kreuzte die Halbinsel Florida. Nach sechsstündigem Fluge erreichte sie fünf Meilen nördlich von Cap Canaveral den Atlantischen Ozean. Drei Stunden hatte sie dadurch verloren, dass sie nach Osten flog; es war zwischen zehn und elf Uhr vormittags – dieselbe Tageszeit, zu der sie Deutschland verlassen hatte –, als sie sich zum Gestade herabsenkte.

Ermüdet ließ sich Lyrika am Ufer nieder. Einsam und öde dehnte sich Mosquito-Lagoon zu ihren Füßen, und glühend brannte die Sonne auf ihren Scheitel. Gern hätte sie ein schützendes Obdach aufgesucht, aber sie konnte sich nicht in der Nähe von Menschen zeigen und hatte deshalb diese wenig bewohnten Gegenden zum Ruheplatz wählen müssen. Die Wirkung des Diaphots hatte aufgehört, schon am Morgen war sie als ein Skelett durch die einsamen

Höhen der Atmosphäre gezogen, und jetzt trat bereits ihre ganze Gestalt hervor; aber die mit Diaphot getränkten Kleider blieben natürlich unsichtbar, und sie musste versuchen, Abhilfe zu schaffen. Spähend erhob sie sich; bald entdeckte sie in mäßiger Entfernung einige Fischerfrauen. Rasch näherte sie sich ihnen, um ein Tuch zu erbitten. Aber bei ihrer Annäherung entflohen die Frauen und waren durch kein Flehen zur Rückkehr zu bewegen. Da half Lyrika sich selbst. Die eine der Frauen hatte ihr großes weißes Tuch zurückgelassen. Lyrika bemächtigte sich dieses Kleidungsstücks und ersetzte den Wert desselben reichlich durch Geld. Sie hüllte sich in das Tuch und beschloss nun, ohne Aufenthalt nach Hause zurückzukehren. Ihre Müdigkeit überwand sie durch den Genuss einiger Kraftpillen, aber der Mangel an flüssigem Oxygen in ihrer Flugmaschine machte ihr Bedenken. Doch auf acht bis neun Stunden reichte der Sauerstoff noch, und so lange brauchte sie bei gutem Wetter und günstigem Winde höchstens. Es fehlte noch eine Viertelstunde zu Mittag in Florida, als sich Lyrika in die Lüfte schwang und, nach Ostnordost steuernd, über den Atlantischen Ozean schwebte.

Die Fahrt war anfänglich günstig und rasch. Lyrika erhob sich über das Gebiet des Nordostpassats und benutzte die Äquatorialströmung zu ihren Gunsten. Schon war sie nicht mehr weit von den Azoren entfernt, als das Wetter sich plötzlich änderte und sie zwang, langsamer vorwärts zu dringen. Allmählich senkte sie sich bis auf einige tausend Meter über die Meeresoberfläche; aber hier war der Wind ihr zu stark entgegen, sie musste wieder eine höhere Luftschicht aufsuchen, da sie mit ihrem Kraftmaterial zu sparen Ursache hatte. Doch es gelang ihr nicht zu steigen. Zu ihrem Schrecken bemerkte sie, dass ihr Luftschwimmgürtel eine Verletzung erlitten hatte, wahrscheinlich bei der Fahrt durch den Tunnel. Dieselbe hatte sich allmählich zu einem kleinen Riss erweitert und ließ jetzt langsam atmosphärische Luft einströmen. Sie musste alle Kraft der Schraube anwenden, um sich in gleicher Höhe zu erhalten, aber auch diese ließ nach, und sie sank tiefer und tiefer. Die Wogen schäumten unter ihr, und der Orkan brauste ihr entgegen, an dessen Wut die Kraft der Schraube erlahmte. Schon acht Stunden war sie unterwegs, und hier herrschte bereits völlige Nacht; sie befand sich, soweit sie aus den elektrischen bunten Leuchtfeuern am Horizont erkennen konnte, noch immer zwischen den Azoren, und zwar zwischen den Inseln Graciosa und S. Jorge. Aber nur noch sechzig Meter von den Wogen entfernt vermochte sie ihren Flug zu halten, und sie musste suchen die Insel Terceira zu gewinnen.

Die letzte Reserve ihres Oxygenvorrates wurde entfesselt. Noch einmal drehte sich die Schraube, die heute schon seit zwanzig Stunden in Tätigkeit war, in rasender Geschwindigkeit um ihre Achse. Noch einmal wurde die Gewalt des Sturmes überwunden, und die Lichter der Insel erglänzten in der Entfernung von einem halben Kilometer. Da – ein plötzlicher Krach, ein Schrei –, die Schraube war mit einem kanonenschussähnlichen Knall gebrochen. Lyrika stürzte, der Sturm wirbelte sie herum, sie verlor die Besinnung, und die Wogen schlossen sich über ihrem Körper.

IX. Die geheimnisvolle Kiste

Kotyledo wartete im Empfangssaal des Ozeanbahnhofs auf Strudel. Seit Jahren brachte der um 5 Uhr 12 Minuten[4] eintreffende Zug den Direktor Strudel-Prudel unwandelbar mit sich. Heute geschah eine Ausnahme; der Zug traf wohl ein, aber ohne Strudel. Kotyledo beschloss zu warten und setzte sich an einen der Tische, von welchem aus er die vorüberflutende Schar der Spazierschwimmer beobachten konnte. Es war eine bunte Menge, denn auch die in der äußern Form ziemlich gleichmäßigen Taucheranzüge mit ihren runden Helmen hatte man geschmackvoll zu verzieren gewusst. Namenszüge und Embleme ließen die Besitzer erkennen. Der Wirt des Hotels hielt gezähmte Delphine, und manchen Touristen sah man sich dieses sagenberühmten Wesens als Reittier bedienen und als einen modernen Arion dahinfahren. Wer sich mit seinem Nachbar unterhalten wollte, verband zwei an den Taucherhelmen herabhängende Nebenleitungen, wodurch eine Verbindung hergestellt und ein Verkehr ermöglicht wurde, der durch die Stimme allein bei der verschlossenen Kopfbedeckung nicht ausführbar gewesen wäre.

Zug auf Zug fuhr in den Bahnhof, ohne dass Strudel aus einem derselben stieg. Weder der Zug um 5.17 Uhr noch der um 5.22 Uhr, noch einer der nächstfolgenden brachte ihn. Noch drei Züge wollte Kotyledo abwarten, und seine Ausdauer wurde belohnt. Um 6.07 Uhr traf Strudel ein. Kotyledo hatte ihn bald erblickt und eilte ihm entgegen. Zu einem Erstaunen fand er ihn nicht allein; zwei Arbeiter, mit Stricken, Beilen und Werkzeugen verschiedener Art ausgerüstet, begleiteten ihn.

Strudel begrüßte Kotyledo mit großer Freude.

»Vorzüglich«, rief er ihm durch seinen Schlauch zu, »dass ich Sie hier treffe. Eben war ich in Ihrer Wohnung, ich habe Sie auf der Oberwelt gesucht, wo Sie sich jetzt so hartnäckig versteckt halten. Daher meine Verspätung. Ich habe eine wichtige Arbeit vor, und Sie sollen mich dabei begleiten, mir helfen, wenn Sie wollen.«

---

[4] Die Zeitmaße sind zur Bequemlichkeit des Lesers überall auf die uns gewohnten reduziert.

»Mit dem größten Vergnügen«, entgegnete Kotyledo. »Ich begleite Sie, wohin Sie wünschen, und wenn ich Ihnen nützen kann, so
soll es mich freuen. Übrigens war ich hierher gekommen, um mei-
nerseits Ihre Hilfe, Ihren Rat zu erbitten.«

»Und warum?«

»Das erzähle ich Ihnen unterwegs. Doch was für Apparate haben
Sie da mitgebracht? Welche Expedition haben Sie vor?«

»Es gilt«, sagte Strudel, »einen höchst merkwürdigen Fund zu
heben, den ich gemacht habe. Zwischen Klippen, halb im Sande
vergraben und mit Schaltieren besetzt, habe ich eine altertümliche
Kiste auf dem Meeresgrunde gefunden. Sie hatte sich so fest zwischen die Felsen geklemmt, dass es mir allein nicht möglich war, sie
sogleich frei zu machen. Deshalb habe ich mich heute mit Hilfe
versehen, und Sie wollte ich um Ihre Begleitung bitten, weil ich
glaube, dass Sie der Fund interessieren wird. Die Kiste ist wenigstens zweitausend Jahre alt, und ich bin überzeugt, sie wird höchst
interessante historische Aufschlüsse gewähren; vielleicht enthält sie
Dokumente von Wichtigkeit.«

»Wohlan«, sagte Kotyledo, »ich bin bereit und brenne vor Neu-
gier, die geheimnisvolle Kiste zu öffnen. Aber wissen Sie auch, ob
wir ruhige See behalten? Ich habe im Wetteratlas nicht nachgese-
hen.«

»Auch ich habe es versäumt.«

»Das ist schade. Doch wir wollen uns dadurch nicht stören lassen.«

»Vorwärts denn!«, schloss Strudel.

Sie begaben sich auf den Weg. Kotyledo erzählte seine Schicksale
und bat Strudel um seinen Rat. Dieser, der natürlich von der Existenz des Diaphots keine Ahnung hatte, war geneigt, an Sinnestäu-
schungen zu glauben, und schlug Kotyledo vor, einen Arzt zu Rate
zu ziehen. Vorher aber wollte er selbst einmal Kotyledos Wohnung
aufsuchen, um womöglich einer Erscheinung Lyrikas beizuwohnen.

Nach Verlauf von zwei Stunden waren die Forscher an der Stelle
angelangt, wo die Kiste lag. Sogleich machten sich die Arbeiter
unter Strudels und Kotyledos Leitung daran, den Schatz zu heben

und die Kiste von den sie fest haltenden Hindernissen zu befreien. Das ging nicht so leicht; ein Teil des Felsens musste mit der Hacke abgesprengt werden, dann erst gelang es, die Kiste aus dem Schlamm und Sand, welcher die Zwischenräume füllte, unverletzt hervorzuziehen. Es war noch ein Glück, dass die Kiste auf diesen aus dem Schlamme hervorragenden Fels geraten war, sonst hätte man sie nie wieder gefunden. Die Kiste war zwei Meter lang; über einen halben Meter breit und ziemlich ebenso hoch. Strudel brannte vor Ungeduld, sie zu öffnen, aber unter dem Wasser ging es nicht an.

»Wir müssen den Fund nach der Küste schaffen«, meinte Kotyledo. »Aber wo finden wir das nächste Land?«

»Im Norden«, erwiderte Strudel. »Ich habe das schon vorgesehen und mich genau orientiert. In zwei Stunden können wir auf einer der Azoren sein.«

Der Marsch wurde angetreten und so sehr wie möglich beschleunigt. Strudel und Kotyledo selbst nahmen die Kiste zwischen sich, die freilich im Wasser kein großes Gewicht besaß. Der Meeresboden hob sich allmählich und zeigte die Nähe einer Insel an. Die Arbeiten zur Freilegung der Kiste und der Marsch hatten gut weitere drei Stunden fortgenommen. Es war völlig Nacht geworden, als sie der Oberfläche des Meeres sich näherten. Aber die Szene hatte sich geändert. Mehr und mehr kamen sie in eine vom Sturm aufgeregte See und mussten sich am Boden des aufsteigenden Ufers halten, um nicht willenlos hin und her geworfen zu werden. Die Kiste wurde noch mit Stricken an Handhaben befestigt und von den vier Männern mit Mühe getragen.

Jetzt war Kotyledo an die Oberfläche emporgedrungen und hatte sich durch die Brandung hindurchgearbeitet. Er befestigte das Seil, welches er hielt, an einer geeigneten Stelle oberhalb des Wassers; Strudel und die Arbeiter kletterten daran zu ihm empor; es galt jetzt, die Kiste nachzuziehen, was trotz ihrer vereinigten Anstrengungen längere Zeit hindurch nicht gelingen wollte. Endlich kam sie zum Vorschein. In diesem Augenblicke wurde, durch das Brausen der Wogen und das Heulen des Sturmes fast erstickt, ein kurzer Knall vernommen, und als die Männer den Strahl ihrer elektrischen Lampen auf die im Dunkel wogende See hinauswerfen, bemerkten sie einen weißen Gegenstand aus der Luft in das Meer fallen. Es mochte ein Mensch sein, der in der Luft vom Sturm überrascht worden war und jetzt in einer Entfernung von vielleicht fünfhundert Schritt mit den Wogen kämpfte oder vielmehr willenlos von ihnen hin und her geschleudert wurde. Rettung zu bringen schien unmöglich – auch wurde der Unglückliche von Wind und Wogen vom Lande abgetrieben.

Kotyledo zögerte nicht zu handeln. Er ließ sich in seinem Taucheranzuge an das längste der mitgebrachten Seile binden und nahm ein zweites mit sich. Die entschlossenen Männer, welche Strudel begleitet hatten, warfen ihre Taucheranzüge ab und legten die immer mitgeführten Flugmaschinen an. Dann fassten sie das Seil, an welchem Kotyledo hing, und indem sie es fest hielten, vertrauten sie sich der Gewalt des Sturmes an. Strudel blieb im Schutze der Kiste zurück und hielt sich bereit, den etwa Zurückkehrenden hilfreich beizuspringen. Der Sturm erfasste sofort die Fliegenden und warf sie aufs Meer hinaus, Kotyledo wurde in den Wogen fortgezogen. Jetzt aber setzten die Arbeiter ihre Luftschrauben in Bewegung und regelten ihren Lauf durch die Luft. Das Unternehmen war schwierig, aber es gelang ihnen, in die Nähe des Versunkenen zu kommen. Weithin leuchtete Strudel mit seinen elektrischen Strahlen über das Meer, die Fliegenden hielten sich über der Stelle, wo das weiße Tuch schimmerte, und Kotyledo bemühte sich, dasselbe zu erfassen. Endlich glückte es ihm – fest eingehüllt in das Tuch fühlte er einen menschlichen Körper, ob lebend oder tot, konnte er nicht entscheiden. Die Fliegenden wandten jetzt ihre Schrauben und arbeiteten dem Sturm entgegen, Kotyledo und den Geretteten mit sich fortziehend.

Zum Glück hielten ihre Luftschrauben aus, und ihren vereinigten Kräften gelang es, die Gewalt des Sturmes zu besiegen. Wieder erreichten sie das Land, wo Strudel Wache hielt, und nun war es den drei Männern möglich, Kotyledo und seine Last durch die Brandung ans Ufer zu ziehen. Sogleich wurde die Kiste auch vollends heraufgeschafft, und alle waren geborgen. Kotyledo warf seinen Taucheranzug ab. Er hob einen Zipfel des Tuches auf und beleuchtete mit seiner Lampe das Gesicht des Ertrunkenen. Es war Lyrika –

Die Insel Terceira war dicht bewohnt. Nicht weit vom Strande befand sich ein großes Hotel, in welchem die Reisenden mit ihren Gütern Aufnahme und für sich ausreichende Verpflegung fanden. Ein tüchtiger Arzt war sogleich zur Stelle, und an Lyrika wurden alle Wiederbelebungsversuche, welche die moderne Heilkunde bot, angestellt. Nach langer Bemühung schlugen sie an; die Verunglückte atmete wieder und lag bald wohlgebettet in tiefem Schlafe. Der Arzt beruhigte Kotyledo.

»Nach zwei Stunden«, sagte er, »habe ich die Dame völlig wiederhergestellt. Sie ist nur noch sehr ermüdet – scheint einen weiten Flug gemacht zu haben.«

In diesem Augenblick stürzte Strudel in den Salon, in welchem sich die beiden Herren befanden.

»Herr Arzt«, rief er, »ich brauche Ihre Hilfe noch weiter! Bitte, begleiten Sie mich – und Sie, Kotyledo!«

Der kleine Herr zitterte vor Aufregung. In der rechten Hand hielt er ein Päckchen Papiere, mit dem er in der Luft herumfuchtelte. So schleppte er seine Begleiter in sein Zimmer. Die Kiste stand auf dem Boden des Zimmers, der Deckel war offenbar erst mit Widerstreben gewichen; jetzt zeigte sich, dass die Kiste von Kupfer war. Aber in derselben stand eine zweite, eiserne Kiste; außerdem hatte sich eine Blechbüchse darin befunden, welche Strudel zuerst geöffnet hatte und deren Inhalt er jetzt in der Hand hielt und den Herren unter die Augen breitete.

Es waren drei Schriftstücke in deutscher Sprache, in den altertümlichen Schriftzügen vom Ende des zweiten Jahrtausends. Das Erste enthielt die amtliche Versicherung, dass dem Fleischermeister Friedrich Schulze zu Berlin von seiner Ehefrau Friederike, geborne Müller, am 20. April 1821 ein Sohn geboren worden sei und derselbe nach Ausweis des Kirchenbuches in der heiligen Taufe die Namen Friedrich Wilhelm erhalten habe. Es war also ein Taufschein von Friedrich Wilhelm Schulze zu Berlin.

Das zweite Dokument lautete folgendermaßen.

An Bord der Nirwana,
den 30. Juli 1876

Zur Aufklärung aller Missverständnisse, welche etwa daraus hervorgehen könnten, dass durch die Wirren späterer Zeit mein gegenwärtiger Entschluss vergessen werde, soll man folgende Erklärung meinem mumifizierten Körper beigeben:

Ich, Friedrich Wilhelm Schulze, wohnhaft Potsdamer Straße ... (Ziffern verwischt) in Berlin, Witwer, Rentier und Hausbesitzer, Sohn des verstorbenen Fleischermeisters Friedrich Schulze, unbestraft, im Besitz der bürgerlichen Ehrenrechte und eines Vermögens von 280 000 Mark 4 Pf., befand mich zum Besuche der Zentennial-Ausstellung in Philadelphia, woselbst ich Herrn Doktor Carl Müller kennen lernte, welcher im Begriff war, seine Entdeckung über die Mumifizierung und Wiederbelebung organischer Körper zu veröffentlichen. Derselbe teilte mir als schon längst bekannt mit, dass es Organismen gebe, welche, Jahre lang eingetrocknet, doch wieder zum Leben gebracht werden könnten. Er hat nun seine Versuche auf höhere Organismen ausgedehnt und es fertig gebracht, eine vollständige Erhaltung derselben zu ermöglichen. Es wird das Blut ausgepumpt, sofort eine von ihm erfundene und mir nicht näher bekannte antiseptische Lösung eingespritzt, welche die feinsten Adern und Kapillargefäße durchdringt, und die Haut selbst mit der Lösung getränkt. Der so präparierte Tierkörper hält sich beliebig lange Zeit und kann durch ein im Anhang näher beschriebenes Verfahren jederzeit wieder zum Leben erweckt werden, sodass der Lebensprozess gerade so fortgesetzt wird, als wäre er gar nicht unterbrochen gewesen. Nachdem ich mich an Kaninchen, Hunden und einem Pferde von der Zuverlässigkeit der Methode des Herrn Doktor Müller überzeugt hatte, bat ich denselben aus eigenem Antriebe, den Versuch an mir selbst zu machen. Endlich hat Herr Doktor Müller nachgegeben, er begleitete mich nach Europa und wird die Mumifizierung während der Überfahrt an Bord der »Nirwana« vornehmen. Man wird mich alsdann in einem eigens dazu konstruierten eisernen Kasten verwahren, welcher in Berlin noch von einem goldenen umgeben werden soll. Dies soll geschehen, damit ich bei meinem Wiedererwachen nicht ohne Subsistenzmittel bin, und zwar soll dazu die Summe von 130 000 Mark verwendet werden. Den Rest meines Vermögens habe ich bereits, um alle juristischen Bedenken zu vermeiden, von Philadelphia aus meinen beiden Kindern Wilhelm Carl und Wilhelm August Schulze geschenkt.

Ich erkläre nochmals, dass ich auf mein Verlangen und ohne fremde Beeinflussung einbalsamiert wurde, und bestimme, dass genau zweihundert Jahre nach meiner Mumifizierung, am 1. August 2076, ich durch die derzeitigen medizinischen Autoritäten wieder lebendig gemacht werde. Bis dahin soll ich in meiner Familie sorgfältig aufbewahrt werden.

Da es für mich gleichgültig ist, ob ich meine zehn bis zwanzig Jahre jetzt oder später noch ablebe, so ziehe ich's vor, lieber im einundzwanzigsten Jahrhundert zu existieren, wo alsdann die Mietspreise vielleicht wieder mehr gestiegen sind.

Friedrich Wilhelm Schulze
Hausbesitzer und Rentier

Hieran schloss sich eine Anweisung, wie durch Transfusion von lebendem Blut, künstliche Atmung, elektrische Behandlung usw.

der stillstehende Organismus wieder in Bewegung versetzt werden könnte.

Das dritte Aktenstück lautete:

An Bord der Nirwana,
8. August 1876

Nachdem ich Herrn Friedrich Wilhelm Schulze nach allen Regeln der Kunst auf sein Verlangen mumifiziert und in den eisernen Kasten gelegt habe, sehe ich mich genötigt, ihn, ohne mein Versprechen zu erfüllen und ihn nach Berlin bringen zu können, dem Meere und einem unbestimmten Schicksal zu übergeben. Unser Schiff brennt in Folge einer Explosion. Wir sind gezwungen, dasselbe zu verlassen; Schulze mitzutransportieren ist trotz meines Verlangens als ganz unmöglich vom Kapitän zurückgewiesen worden. Ich schließe daher die Kiste noch einmal in eine Umhüllung von Kupferblech – noch habe ich eine Stunde Zeit – und übergebe sie dem Meere. Eine leere Tonne soll sie schwimmend erhalten – vielleicht findet der Verlassene einst Erlösung. Auch wir ergeben uns unserm ungewissen Schicksal.

Dr. Müller, praktischer Arzt

Kotyledo und der Arzt schüttelten staunend den Kopf. Dann riefen sie wie mit einem Munde: »Wo ist Schulze?«

Strudel hatte schon über der eisernen Kiste gearbeitet. Mit großer Mühe, aber auch mit großer Sorgfalt wurde jetzt der Deckel abgehoben. In Baumwolle vorsichtig verpackt, kam der Körper eines ältlichen Mannes in der Tracht des neunzehnten Jahrhunderts zum Vorschein. Völlig frisch, als wäre er eben entschlummert, sah dieser Mann aus, der zweitausend Jahre auf dem Grunde des Meeres gelegen hatte. Der Arzt beugte sich über ihn und betrachtete ihn sorgfältig.

»Bis ins kleinste Detail erhalten«, sagte er bewundernd. »Die Alten waren doch nicht so dumm, wie wir uns gern glauben machen möchten. Jede Zelle, jedes kleinste Gefäß, jeder Nerv ist genauso, wie er zu Lebzeiten dieses Mannes war – die stoffliche Zusammensetzung ist unverändert, nur die organische Bewegung fehlt. Es ist eine Uhr, die vor zweitausend Jahren stehen geblieben ist. Dieser Biedermann wollte sie schon nach zweihundert Jahren wieder aufziehen lassen – er hat den Termin verschlafen. Nun, wir wollen es heute versuchen; ich hoffe, es wird gelingen, die Uhr wird wieder gehen.«

Inzwischen war es Morgen geworden. Aber Strudel ließ dem Arzt keine Ruhe, er sollte gleich die Wiederbelebung versuchen. Der Arzt erklärte sich bereit, er holte die nötigen Apparate. Die Anweisung des Doktor Müller brauchte er nicht erst nachzulesen, er wusste, was er zu tun hatte. Strudel bereitete alles nach seinen Anordnungen vor. Während dieser Vorbereitungen entschlummerte der erschöpfte Kotyledo im Lehnstuhl.

Nach zwei Stunden erwachte er wieder vom Lärm einer Stimme, die mit Ungeduld wiederholt das Wort »Kaffee!« rief. Er schlug die Augen auf und sah den wieder zum Leben gebrachten Herrn Schulze im Zimmer stehen und nach Kaffee verlangen, während Strudel und der Arzt ihn zu beruhigen suchten, aber offenbar nicht wussten, was er wolle.

Kotyledo sprang auf. »Kaffee!« Er lachte. »Ja, mein Herr, den werden wir wohl nicht gut schaffen können; Kaffeebohnen finden Sie nur noch in meinem Botanischen Garten.«

Er erklärte Strudel und dem Arzt, dass der Fremde ein Getränk verlange, das man früher nach dem Erwachen zu trinken pflegte. Da wusste der Arzt bald Abhilfe; er braute aus seinen Medikamenten eine Essenz zusammen, und Schulze gab sich zufrieden, da ihm gesagt wurde, der Kaffee sei jetzt nicht anders zu haben. Strudel stellte Kotyledo als denjenigen vor, dem die Rettung der Kiste zum großen Teile zu verdanken sei. Schulze ließ sich nicht abhalten, seinem Retter wiederholt die Hand zu schütteln, der nicht wenig über diese Zeremonie, deren freundschaftliche Bedeutung er nicht kannte, verwundert war. Übrigens konnte Kotyledo seinerseits nicht ahnen, welchen Glückswechsel er Schulzes Auferstehung zu danken habe; er wusste nicht, dass nun alle seine Not geendet sei; sonst hätte er wohl Schulzes Liebenswürdigkeit auf seine Art erwidert. Dieser verzehrte indes mit großem Appetit ein Gericht, das er für eine Trüffelpastete hielt. Hätte er freilich gewusst, dass die Ingredienzien dieser Pastete noch vor wenigen Tagen in einem Kalkbruche Zentralafrikas und einem Salpeterlager Südamerikas geruht, so hätte sie ihm bei seinen antediluvianischen Ansichten vielleicht minder gemundet.

Am vergnügtesten von allen schien Strudel; er freute sich wie ein Kind und hätte am liebsten den verwunderten Schulze, mit dessen Auffindung ihm ein Lieblingswunsch erfüllt war, unter eine Glasglocke gesetzt wie einen Frosch ins Aquarium. Eine Stunde später befanden sich vier Personen in einem bequemen und geräumigen Luftwagen, der mit großer Geschwindigkeit Lyrikas Wohnung zuflog. Es waren Lyrika, Kotyledo, Strudel und Wilhelm Schulze.

Schulze konnte sich nicht genug wundern über alles, was er sah – aber er hatte auch allerlei auszusetzen. Namentlich schien ihm das Luftschiff gar nicht recht geheuer, und er hätte eine Berliner Droschke sogar vorgezogen.

Zunächst erzählte Lyrika ihre Abenteuer. Kotyledo wurde zornig. »Dieser Atom!«, rief er. »Ist er es nicht, der sich über jedes Gesetz hinwegsetzt, der das Geschick zu bezwingen hofft? Aber er soll mir und dir Genugtuung geben!«

Glücklich war er, dass Lyrika lebte, dass ihre gespenstische Erscheinung wieder schöne Wirklichkeit geworden war; ja, er vergaß in der Freude des Wiederfindens ganz das dunkle Verhängnis, das über ihm und ihr waltete, und gab sich allein dem Glücke hin, bei der Geliebten zu sein.

»Was Sie da alles erzählen«, sagte Schulze, »davon glaube ich kein Wort; am allerwenigsten glaube ich die Geschichte von dem unsichtbaren Spiritus, oder wie Sie das nennen. So einen unsichtbaren Menschen müsste ich erst sehen, ehe ich daran glaubte. So etwas gibt es gar nicht.«

»Hier haben Sie mein Taschentuch«, sagte Lyrika lachend, indem sie ihre Hand hinhielt.

Schulze griff danach und fühlte wirklich ein ordentliches vollwiegendes Taschentuch. Er breitete es auf seine Hand, hielt es vor die Augen – vergebens, zu sehen war nichts –, aber das Gefühl musste ihn überzeugen, es war wirklich ein Taschentuch.

»Na«, sagte er, »das ist ja wohl so; aber für einen gewöhnlichen Menschen ist das wohl nicht zu brauchen, wenn er den Schnupfen hat.«

»Nu glaube ich alles«, murmelte er einige Zeit darauf und saß dann stumm und nachdenklich da; allmählich wagte er auch, auf die Erde hinabzublicken, wo jetzt Frankreichs Städte, Flüsse und Berge unter ihm dahinglitten.

Jetzt aber, als Kotyledo Schulzes Geschichte erzählt hatte, kam die Reihe des Erstaunens an Lyrika. Immer und immer ließ sie sich die Einzelheiten wiederholen und befragte die Dokumente, die ihr Strudel reichen musste, bis sie plötzlich mit einem Ausruf des Entzückens Kotyledo um den Hals fiel.

»Kotyledo«, rief sie, »mein Geliebter, wir sind gerettet, ich werde die Deine!«

»Lyrika, was sagst du?«

»Ja, Kotyledo! Funktionatas Rechnung ist wertlos, sie hat keine Geltung, denn ihre Annahmen sind falsch. Sie hat vorausgesetzt, dass unser gemeinschaftlicher Ahnherr gestorben ist. Er lebt aber noch, denn es ist kein anderer als der Rentier und Hausbesitzer Friedrich Wilhelm Schulze aus Berlin, den wir hier gesund und munter vor uns sitzen sehen.«

Und sie fiel dem alten Herrn um den Hals, küsste ihn und nannte ihn »lieber Großpapa«, und er ließ sich alles wohlgemut gefallen. Sie waren bei Lyrikas Wohnung angekommen.

»Morgen feiern wir unsere Vermählung«, sagte Kotyledo wieder. Diesmal hörte es Lyrika ohne Bangen vor der Zukunft.

»Und fürchtest du dich nicht vor Atom?« fragte Kotyledo sie.

»Oh«, erwiderte sie, »jetzt bin ich ja wieder sichtbar, da wird er es nicht wagen, mir nahe zu kommen. Auch verlasse ich mein Haus nicht mehr, außer...«

»Außer mit mir – um bei mir zu bleiben«, schloss Kotyledo.

X. Eine Hochzeitsreise. Atoms Vulkan

Am frühen Morgen des folgenden Tages war in aller Stille vor dem dazu bestellten Beamten die Zeremonie vollzogen worden, welche Kotyledo und Lyrika für das Leben vereinte.

Strudel und Schulze hatten als Zeugen gedient. Propion und Funktionata waren zwar von dem Vorgefallenen sofort benachrichtigt worden, hatten aber nur ihre Glückwünsche geschickt. Der Brauch erforderte, dass eine Festlichkeit im Kreise der Verwandten und Freunde nach Verlauf der zehnten Pentade, am fünfzigsten Tage nach der Hochzeit, gefeiert wurde; bis dahin war das junge Paar sich vollständig selbst überlassen, und niemand kümmerte sich um dasselbe.

Schulze war Strudels dringender Einladung gefolgt, seinen Wohnsitz in seinem Hause aufzuschlagen, und Strudel bemühte sich mit rührender Sorgfalt, die altfränkischen Sitten des Wiedererstandenen zu modernisieren und ihn nach und nach mit den Vorteilen der Zivilisation des 39. Jahrhunderts bekannt zu machen. Ja, er brachte ihm sogar die Anfangsgründe des Fliegens bei, und gar zu gern hätte er Schulzes Gehirn in seinem Institut einer erziehenden Behandlung unterzogen, aber dazu hatte er den alten Herrn bis jetzt nicht bewegen können. Lyrika und Kotyledo traten nach der Trauung ihre Hochzeitsreise an. Ihr erstes Ziel sollten die herrlichen Gärten von Rampur im Tale des Satledsch auf den Abhängen des Himalaja sein; es war dies einer der wenigen Orte der Erde, wo noch große Gartenanlagen gepflegt und erhalten wurden, und Kotyledo wünschte sehnlichste diesen wundervollen Punkt Indiens seiner jungen Gattin zu zeigen. Auf dem Wege aber wollte er über Afghanistan fliegen und am Zentraltunnel einen kurzen Halt machen, um Atom zur Rechenschaft zu ziehen.

Atom war am Tage nach der verunglückten Jagd auf Lyrika in die Saphirgrotte zurückgekehrt und arbeitete an neuen Plänen, seine Absichten durchzuführen. Am Abend begab er sich wieder nach Deutschland und erfuhr hier von Propion die völlig umgestaltete Sachlage, die Auffindung Schulzes und die bevorstehende Vermählung Lyrikas. Damit waren seine Pläne zusammengestürzt. Bis jetzt hatte er bei all seinen rücksichtslosen Maßnahmen sich dadurch vor sich selbst entschuldigt, dass er nach den Gesetzen des Weltlaufs handele; dass Lyrika und Kotyledo kein Recht hätten, einander anzugehören, weil das Geschick ihre Vereinigung nicht wolle und mit Verderben bedrohe. Jetzt war es auf einmal klar, dass Funktionatas Rechnung ohne Bedeutung sei, dass der Heirat zwischen den Liebenden kein Grund aus Naturgesetzen entgegenzustellen sei. Den mächtigen Bundesgenossen, die Notwendigkeit, hatte Atom verloren – er hatte kein Recht mehr zu handeln, es sei denn aus dem unbezwingbaren Trieb seiner Leidenschaft und seines Egoismus heraus.

Im Innersten gedemütigt und doch wieder gewillt, dem Schicksal sich nicht zu beugen, brachte Atom die Nacht unruhig zu. Am frühen Morgen flog er nach dem Zentraltunnel. Er wollte mit aller Kraft sich der Arbeit im Tunnel widmen – vielleicht kam ihm dabei ein Gedanke, was ihm noch zu tun bleibe, vielleicht konnte er sein aufgeregtes Gemüt beruhigen.

Nach seiner Ankunft im Tunnel begab er sich auf das Arbeitsgerüst im Grunde desselben. Dieses Gerüst schloss genau den Tunnel, es passte in die Öffnung wie eine Kugel in den Lauf. Der untere Teil bestand aus dicken, kreisrunden Platinplatten, die durch starke Federn und schlechte Wärmeleiter getrennt waren und so das Gerüst vor den unregelmäßigen Stößen und der Hitze der aus dem Innern entweichenden glühenden Gase schützten. An den Seiten war dieser Arbeitsraum ebenfalls geschlossen und nach oben durch eine Chresimkuppel gegen etwa in den Tunnel stürzende Gegenstände gedeckt. Zehn Arbeiter, die sich von Stunde zu Stunde ablösten, konnten in diesem Hohlraum tätig sein. Durch den Boden der Arbeitskammer führten die Röhren, durch welche der flüssige Sauerstoff unter ungeheurem Druck ins Innere der Erde gespritzt wurde. Dieser Röhren waren zehn; fünf von ihnen, welche auch Zweigleitungen in die Nebenräume des Tunnels abgaben, liefen gesondert voneinander an den Wänden des Tunnels entlang und besaßen an verschiedenen Stellen Hähne zum Absperren des Oxygens; die fünf übrigen, die eigentlichen Arbeitsröhren, waren in ein gemeinschaftliches Rohr eingeschlossen und trennten sich erst im Innern der Arbeitskammer. Sie waren nur hier, im Innern der Arbeitskammer, verschließbar.

Als Atom auf dem Grunde des Tunnels in der Arbeitskammer ankam, fand er den Bau nur wenig fortgeschritten und nicht mehr als zwei der kleineren Leitungen in Tätigkeit. Atom stellte den Werkführer zur Rede, aber dieser machte darauf aufmerksam, dass der Druck des glühenden Erdinnern sich seit gestern unter der Arbeitskammer außerordentlich verstärkt habe und die gehäufte Ansammlung der Gase keine stärkere Sauerstoffzufuhr vertrage. Man müsse mit der größten Vorsicht arbeiten und dürfe höchstens zwei Leitungen fließen lassen. Aber diese Langsamkeit war durchaus nicht nach Atoms Sinn. Er tadelte den Werkführer und öffnete sogleich noch zwei andere Nebenleitungen. »Wir müssen vorwärts«, sagte Atom, »diese Kammer hält auch einen größeren Druck aus; ich habe nicht Lust, drei Tage lang auf derselben Stelle liegen zu bleiben, und werde auch noch den fünften Hahn öffnen.«

»Die Hauptleitung?«, fragte ein Arbeiter, und alle sahen entsetzt auf Atom.

»Nein«, sagte dieser, indem er einen Blick auf das Manometer warf, »das werde ich allerdings weislich bleiben lassen; wir würden dann ohne Zweifel binnen einer Viertelstunde in die Luft fliegen. Aber die fünfte Nebenleitung.«

»Auch das ist zu viel«, rief jetzt der Werkführer entschlossen. »Wenn Sie dies tun wollen, so tun Sie es auf Ihre Gefahr und Verantwortung. Aber für diese Leute und ihr Leben ist mir die Fürsorge übergeben; ich protestiere gegen ihr Verfahren, und wenn Sie dennoch dabei verharren, so verlasse ich mit denselben den Tunnel.«

»Dann gehen Sie, wohin Sie wollen«, rief Atom ärgerlich. »Die Hähne bleiben offen.«

Der Werkführer und die Arbeiter verließen die Kammer und entfernten sich eilig aus dem Tunnel. Die Flüssigkeit strömte aus den fünf Leitungen mit voller Gewalt in das Innere, und die festgebaute Arbeitskammer zitterte unter dem Druck der unter ihr gärenden Gase.

Atom war dieser Kampf mit den Elementen gerade recht; er war ganz in der Stimmung, den gesamten Erdball zu zersprangen, und sollte er auch selbst mit in die Luft gehen. Mit Spannung beobachtete er das Steigen des Manometers und das ziemlich rasche und tiefere Einsinken der Arbeitskammer, welche den Tunnel aushöhlte. Er blickte auf den Haupthahn, welcher die fünf übrigen, jetzt nicht in Tätigkeit versetzten Röhren verschloss.

»Wenn ich diesen Hahn aufdrehe«, sagte er zu sich, »was wird geschehen? Der innere Druck wird dann binnen einer Viertelstunde alle künstlich erreichbaren Kräfte übersteigen und diese Kammer in die Höhe schleudern. Dieser vierzig Meilen lange Tunnel würde gerade wie der Lauf einer Riesenkanone wirken, und diese Arbeitskammer würde das Projektil darstellen. Unter der fortwirkenden Spannkraft der Gase würden wir sicherlich eine Geschwindigkeit von dreißig und mehr Kilometern in der Sekunde bekommen; eine solche von vierundzwanzig würde schon genügen, uns so hoch zu schleudern dass wir aus dem Anziehungsbereich der Erde hinaus in das der Sonne gelangten; unsere Richtung würde unter Berücksichtigung der Zentrifugalkraft der Erde gerade nach ihr hinweisen. Das Resultat ist klar; wenn ich diese Leitung öffne, so werde ich mich samt diesem Arbeitsraum und allem, was darinnen ist, nach einer Viertelstunde auf dem direkten Wege zur Sonne befinden. Es wäre vielleicht gar nicht so übel, diese Reise anzutreten. Was habe ich eigentlich noch hier zu suchen? Und es wird sicherlich Leute geben, die mir guten Weg wünschen.«

Seine Betrachtungen wurden durch ein Telegramm unterbrochen, welches vom Ausgange des Tunnels an ihn abgesandt wurde. Ein Herr sei eben angekommen und wünsche ihn in einer dringenden Angelegenheit sofort zu sprechen.

Atom antwortete, es sei ihm unmöglich, die Arbeit zu verlassen, er ließe den Fremden bitten, ihn im Tunnel aufzusuchen.

Weiter und weiter zischten die Röhren ihren Inhalt in den siedenden Abgrund. Atom sah sich nun doch genötigt, eine der Röhren zu schließen, da der Druck zu groß zu werden drohte. Eine halbe Stunde verging, dann öffnete sich die Tür der Chresimdecke, und Kotyledo schwebte in die Arbeitskammer.

Die Herren begrüßten sich förmlich.

»Sie werden wissen«, begann Kotyledo, »was mich zu Ihnen führt. Meine Frau – Lyrika – erwartet mich in der Nähe des Tunnels. Ich ersuche Sie, mich zu begleiten und ihr unverzeihliches Betragen von vorgestern vor ihr zu rechtfertigen.«

»Und wenn ich mich weigere?«, fragte Atom.

»Ich hoffe, dass Sie dies nicht tun werden. Ihre Handlungen und Ihre uns wohlbekannten Absichten sind straffällig. Wenn ich dieselben vor das öffentliche Gericht bringe, so werden Sie Ihrer bürgerlichen Stellung verlustig gehen.«

»Das ist möglich«, sagte Atom, indem er eine Hand nachlässig auf den Haupthahn der Leitung legte.

»Dies ist jedoch nicht meine Absicht«, fuhr Kotyledo fort. »Die Folgen jenes Tages sind, allerdings gegen Ihren Willen, für mich so außerordentlich glückliche gewesen, dass ich gern bereit bin, Milde walten zu lassen und Vergessen zu üben. Ich verlange nur, dass Sie sich dazu verstehen, meiner Frau gegenüber eine Versicherung abzugeben, dass Sie Ihre Handlungsweise bedauern und Ihre Verzeihung erbitten.«

»Sie sind allerdings sehr gütig«, entgegnete Atom scharf. »Ich sehe mich aber leider nicht in der Lage, Ihrem Wunsche zu entsprechen. Mein Verfahren war vorgestern noch berechtigt, vollständig berechtigt, nach allem menschlichen Ermessen. Ihre jetzige Frau existierte überhaupt nicht, und Sie werden mir zugeben, dass ein unbekanntes und unsichtbares Objekt als Gegenstand wissenschaftlicher Forschung von jedem in Anspruch genommen werden kann, der sich dessen zu bemächtigen im Stande ist. Mir ist es leider nicht gelungen; Sie haben mehr Glück gehabt. Aber einen Grund, weshalb ich meine Handlungsweise entschuldigen sollte, kann ich nirgends erkennen.«

»Ich rate Ihnen«, rief Kotyledo zornig, »mäßigen Sie den Ton Ihrer Rede. Sie werden sonst Ihre höhnenden Worte bereuen.«

»Sparen Sie Ihre Erregung, verehrter Herr Kotyledo, ich bereue überhaupt nichts.«

»So werden die Gerichte entscheiden.«

Atom lächelte. »Die Gerichte können entscheiden, aber Kläger und Verklagte werden sich nicht mehr darum kümmern. Sie müssen nämlich wissen, dass ich mit Ihnen eine kleine Vergnügungsreise nach der Sonne anzutreten gedenke. Wenn ich diesen Hahn öffne, so werden die aus dem Erdinnern strömenden und aufgeregten Gase binnen einer Viertelstunde diesen Salon, in welchem wir uns befinden, gegen die Sonne sprengen. Ich werde jetzt den Hahn öffnen.«

»Sie werden es nicht wagen.«

»Ich habe es gewagt.«

Die Gase zischten, die Platinplatten zitterten – es war ein Riesenkampf zwischen Kälte und Hitze, der hier gekämpft wurde und aus welchem die letztere als Siegerin hervorgehen musste.

Kotyledo begriff die volle Gefahr, in der er schwebte. Schon oben war er gewarnt worden, in den Tunnel zu steigen. Was sollte er tun – sich auf Atom stürzen? Die Hähne zudrehen? Es war nicht anzunehmen, dass er Sieger bleiben würde. Flucht, schleunige Flucht war das Einzige, was ihn retten konnte – wenn es nicht schon zu spät war. Diese Überlegung war das Resultat eines Augenblickes. Er flog in die Höhe.

»Nicht so«, rief Atom, »Sie bleiben hier.« Und er sprang auf ihn zu. Aber da er seinen Flugapparat abgelegt hatte, konnte er Kotyledo nicht mehr erreichen, der schon an der Decke schwebte und jetzt den Arbeitsraum verließ, um mit größter Anstrengung seiner Maschine den Tunnelausgang zu gewinnen.

»Noch entgehst du mir nicht«, murmelte Atom. »Zwanzig Minuten brauchst du wenigstens, um die vierzig Meilen des Tunnels zu durchfliegen; sobald die Explosion erfolgt ist, was binnen zwölf Minuten geschehen muss, wird ihn mein Geschoss in zehn Sekunden durcheilen. Ich treffe dich noch!«

Er kreuzte die Arme über der Brust und lehnte sich stumm zurück; sein Puls schlug rascher, und seine Augen funkelten unheimlich; unverwandt beobachtete er das Manometer, das höher und höher stieg.

»*Gegen das Weltgesetz!*«, sagte er dann leise. »ja, ich bin es jetzt, der ihm Trotz bietet – meine letzte Tat ist getan, es habe seinen Lauf!«

Kotyledo flog mit der größten Geschwindigkeit aufwärts, die seine Schraube gestattete, dennoch musste er sich sagen, dass die Explosion ihn noch im Tunnel erreichen müsse. Da kam ihm ein Gedanke. Er stürzte sich auf die nächsten Hähne der Sauerstoffleitung, die er zu erreichen vermochte, und drehte sie zu. Es waren freilich nur die Hähne der Nebenleitungen, die er abzusperren vermochte; die wichtige Hauptleitung blieb ihm unzugänglich. Aber er konnte sich sagen, dass er Zeit gewonnen habe; der Zufluss war doch vermindert – noch elf Minuten, und er war gerettet. Die Tunnelwände schossen an ihm vorüber, die an den Seiten angebrachten elektrischen Lampen bildeten eine einzige Lichtlinie für seine rasende Bewegung – da leuchtete der erste Strahl des Tageslichtes von oben, und wenige Sekunden später schoss er aus der Öffnung des Tunnels heraus.

Der Luftwagen mit Lyrika hielt in der Nähe; er sprang hinein, und ohne sich Zeit zur Erholung zu gönnen, lenkte er das Gefährt aus der gefährlichen Nähe des Tunnels.

Zwei Minuten darauf ertönte ein betäubender Knall. Es war die von der hinausgeschleuderten Arbeitskammer zusammengepresste Luft, welche sich an der Öffnung des Tunnels ausdehnte und weithin alles niederwarf. Dann folgte eine Feuersäule, die mehrere Meilen hoch in die Lüfte stieg, Wolken von zertrümmertem Gestein mit sich führend. Von der Arbeitskammer konnte man natürlich nichts sehen – sie blieb verschwunden.

Der Zentraltunnel war zu einem Feuer speienden Vulkan geworden, der einen seiner Steine bis in die Nähe des Luftwagens warf, in welchem Lyrika und Kotyledo im Schutze eines Felsenvorsprungs den ersten Stoß abwarteten. Lyrika hob ihn auf, es war ein glänzender Rubin von der Größe einer Kokosnuss. Atoms letzter Gruß – er flog zur Sonne.

Am Abend wandelten die Neuvermählten in den duftenden Gärten von Rampur; der Mond glänzte in den Fluten des Satledsch und auf den Schneegipfeln des Himalaja.

Eigene Buchreihe oder eigenen Verlag gründen

Seit 2009 bietet tredition sein Verlagskonzept auch als sogenanntes "White-Label" an. Das bedeutet, dass andere Unternehmen, Institutionen und Personen risikofrei und unkompliziert selbst zum Herausgeber von Büchern und Buchreihen unter eigener Marke werden können. tredition übernimmt dabei das komplette Herstellungs- und Distributionsrisiko.

Zahlreiche Zeitschriften-, Zeitungs- und Buchverlage, Universitäten, Forschungseinrichtungen u.v.m. nutzen diese Dienstleistung von tredition, um unter eigener Marke ohne Risiko Bücher zu verlegen.

Alle Informationen im Internet: **www.tredition.de/fuer-verlage**

tredition wurde mit mehreren Innovationspreisen ausgezeichnet, u. a. mit dem Webfuture Award und dem Innovationspreis der Buch Digitale.

tredition ist Mitglied im Börsenverein des Deutschen Buchhandels.

Dieses Werk elektronisch lesen

Dieses Werk ist Teil der Gutenberg-DE Edition DVD. Diese enthält das komplette Archiv des Projekt Gutenberg-DE. Die DVD ist im Internet erhältlich auf **http://gutenbergshop.abc.de**

Zeitfracht Medien GmbH
Ferdinand-Jühlke-Straße 7
99095 Erfurt, Deutschland
produktsicherheit@kolibri360.de